Un début dans la vie

入世之初

［法］巴尔扎克 著
许渊冲 译

人民文学出版社

Honoré de Balzac
UN DEBUT DANS LA VIE

图书在版编目（CIP）数据

入世之初/（法）巴尔扎克著；许渊冲译. —北京：人民文学出版社，2020
ISBN 978-7-02-014777-9

Ⅰ.①入… Ⅱ.①巴… ②许… Ⅲ.①长篇小说—法国—近代 Ⅳ.①I565.44

中国版本图书馆 CIP 数据核字（2018）第 294973 号

责任编辑	刘　彦
装帧设计	李思安
责任印制	任　祎

出版发行	人民文学出版社
社　　址	北京市朝内大街 166 号
邮政编码	100705
网　　址	http://www.rw-cn.com
印　　刷	三河市中晟雅豪印务有限公司
经　　销	全国新华书店等
字　　数	130 千字
开　　本	850 毫米×1168 毫米　1/32
印　　张	6.125　插页 1
印　　数	1—6000
版　　次	2020 年 6 月北京第 1 版
印　　次	2020 年 6 月第 1 次印刷
书　　号	978-7-02-014777-9
定　　价	38.00 元

如有印装质量问题，请与本社图书销售中心调换。电话:010-65233595

给洛尔[①]

但愿为我提供这一场景主题的、杰出而又谦逊的灵魂,能获得她应有的荣誉。

她的哥哥

[①] 洛尔·絮尔维尔(1800—1871),作者的妹妹,也是他的挚友,这篇小说的题材就是她提供的。

在距今不远的将来,铁路会使某些行业销声匿迹,又使另外一些行业改弦易辙,尤其是那些和巴黎郊区形形色色的交通工具有关的行业。因此,不久以后,本书中的人和物,也许就只具有考古学的价值了。我们的后辈将来会把这个时代叫作旧时代,但是,他们难道会不乐意知道旧时代的社会文物吗?被人们诗意地称作布谷鸟的双轮公共马车,盛行了一个世纪之久,停在协和广场上,挤得王后大道水泄不通。一八三〇年,这种马车还多得不计其数,现在却不见踪影了;到一八四二年,即使乡间有最引人入胜的盛会,也难得在路上看见一辆这样的马车。

在一八二〇年,巴黎和以风景闻名的郊区之间,并不都有定时的班车来往。然而,在巴黎方圆十五法里以内人烟稠密的市镇中间,图沙父子车行却垄断了客车运输,并且成了圣德尼城郊大道生意最兴隆的车行。虽然它牌子老,资金多,办事勤快,经营有方,有统筹划一的种种方便,但它却发现圣德尼城郊的双轮公共马车,在和它拼命争夺周围七八法里以内的生意。巴黎人对郊游的兴致是这样高,因而郊区的小车行也利用当地的便利条件,和图沙父子的小运输行竞争起来了。

把图沙车行叫作小运输行，那是和蒙马特尔大街的大运输行相对而言的。这个时期，图沙车行生意兴隆，使得许多投机商人眼红。于是不管到巴黎郊外哪个小地方去，都有一些车行会派出漂亮、快速、舒适的马车，定时从巴黎出发，定时回巴黎去。结果，在巴黎周围十法里以内，在各条城镇交通线上，都出现了激烈的竞争。那种叫作"布谷鸟"的双轮公共马车被挤垮了，不能再走五六法里的长途，它就改走短程，这样又维持了几年。最后，四轮公共马车显示了用两匹马拉十八个旅客的优越性，双轮公共马车才不得不服输。今天，这种行动不便的鸟儿如果还能幸存，那也只是在专门拆卖马车零件的旧货店里，才偶尔看得见一辆，它的结构和装备都成了文物研究的资料，就像居维埃[①]从蒙马特尔石膏矿里找出来的古生物化石一样。

从一八二二年起，投机商人就和图沙父子车行展开竞争，同时使当地的小车行也受到威胁，好在小车行的车辆往来于城镇之间，通常都能得到当地居民的同情和支持。小车行老板一般是车夫兼车主，又兼旅店老板，对当地的人情世态、利害关系全都了如指掌。他做生意非常精明，常帮旅客一些小忙，却并不要求相应的代价，这样一来，他赚到的甚至比图沙运输行还多。他会逃关漏税。在必要时，他还会违反规章，多捎几个乘客。总而言之，他和老百姓有交情。因此，在有竞争的时候，老车夫虽然不得不和他的对手平分一个星期的生意，但是总有些人宁愿晚点动身，也要和他们熟悉的老车夫做伴

[①] 居维埃（1769—1832），法国生物学家，自然史教授，比较解剖学的创立者。

同行,尽管他的车马在安全方面并不太叫人放心。

有一条路线图沙父子车行企图垄断,结果竞争更加激烈,那就是从巴黎到瓦兹河畔的丽山那条线。直到今天,有人还在和图沙的继承人图卢兹竞争。这条路上的生意好得出奇,在一八二二年,已经有三家车行同时跑这条线。尽管图沙运输行降低票价,增加开车班次,购置美观的车辆,竞争还是没有停止;因为这条路线的收益非常大,路上有圣德尼和圣布里斯这样的小市镇,还有皮埃菲特、格罗莱、埃库昂、蓬塞尔、穆瓦塞勒、巴耶、蒙苏尔特、马伏利耶、弗朗孔维尔、普雷勒、努万泰尔、内尔维尔等村镇。图沙运输行后来把这条路线延长到尚布利,竞争也就延伸到尚布利。今天,图卢兹运输行竟把这条线一直延长到博韦了。

在这条通往英国的大路上,有个地方名叫地窖,从地形的观点看来,这个名字取得相当妙。这里有一条路,通过瓦兹河流域一个风景秀丽的峡谷,直到亚当岛。这个小城出名的理由有两层:一来它是绝了后嗣的伊勒-亚当家族的发祥地,二来它是波旁-孔蒂王族的老家。亚当岛是个美得迷人的小城,两旁有两个大村子:诺让村和帕尔曼村。这两个村子都因产优质石矿而远近闻名,矿石不但运到巴黎,而且供出口,去建筑现代化的高楼大厦,比如布鲁塞尔大剧院圆柱的基石和雕饰就是用诺让石做的。这一带地方虽然风景美妙,还有一些王公、高僧或者杰出的画家修建的著名堡邸,例如卡桑、斯托尔、勒瓦尔、努万泰尔、佩尔桑等地便是,但在一八二二年,这一带的交通运输居然没有出现竞争,而是由两个马车夫商量好了来共同经营的。这一带处在竞争之外的理由不难解释,因为它不在通往英国的大路上,而只有一条石子路从大路上的地窖通到亚当岛。这是孔蒂王族出钱铺的路,全长只有两法里;没有哪家车行愿意从大路绕这么大的弯子到这里来,何况那时亚当岛又在路的尽头,石子路到这里也就完了。最近几年,有一条大路把蒙摩朗西峡谷和亚当岛峡谷连了起来,从圣德尼起,沿着瓦兹河,经过圣勒-塔韦尼、梅鲁、亚当岛,一直通到丽山。但在一八二二年,到亚当岛的唯一道路,就是孔蒂王族筑的这条石子路。

因此,皮埃罗坦和他的同行垄断了从巴黎到亚当岛的交通运输,地方上的人都喜欢他们。他们的马车来往于斯托尔、勒瓦尔、帕尔曼、香槟、穆尔、普雷罗尔、诺让、内尔维尔、马伏利耶等地之间。皮埃罗坦是这样出名,以致处在大路上的蒙苏尔特、穆瓦塞勒、巴耶和圣布里斯等地的居民,也来搭他的车,因为在他的马车里找到座位的机会更多,而驶往丽山的班车却老是满座的。皮埃罗坦和他的同行相处得很好。他们一辆马车从亚当岛出发,另外一辆就从巴黎开回来,交叉往返,其实谈不上什么竞争。皮埃罗坦已经得到了当地人的好感。再说,在这两个马车夫之中,只有皮埃罗坦一个人在我们这个并非完全虚构的故事里出场。因此,只要知道他们两个一面进行正大光明的竞争,客客气气地争取乘客,一面还是和睦相处,也就够了。他们为了节省开支,在巴黎住的是同一家旅店,合用一个院子,一个马房,一个车棚,一个营业处,一个办事员。这些细节也足以说明皮埃罗坦和他的同行,用当地人的话来说,是怎样一对随和的人了。

他们住的旅店叫作银狮旅馆,坐落在昂吉安街的拐角上,现在还在那儿。不知道从什么时候起,这家旅店就专门接待马车夫。旅店老板自己也开了一家车行,专走达马尔坦一条线,他的车行地位如此巩固,连它对门的邻居图沙小运输行也不敢派车去抢它的生意。

虽然到亚当岛去的马车应该有固定的开车时刻,皮埃罗坦和他的同行在这方面却总有点拖拖沓沓,如果说这种拖沓使他们得到了本地人的好感,却也的确该受到习惯于按时开车的外地客人的严厉批评;但他们的马车是半公半私的班车,所以他们在老主顾里面总找得到为他们说好话的人。下午,四点钟的班车一直要拖到四点半才出发;早上,虽然规定是八点开车,却从来没有在九点以前开出过。此外,他们自己的这套规矩还有非常大的伸缩性。夏天,那是马车夫的黄金时代,开车时刻是要陌生旅客严格遵守的,对本地人却有伸缩的余地。这个办法使皮埃罗坦有可能把一个座位卖两次钱,如果有个本地人临时来买票,而又有一个订了座的旅鸟①来晚了的话。在循规蹈矩的人看来,这种伸缩性当然是不足为训的;但皮埃罗坦和他的同行却推说世道艰难啦,冬天亏了本啦,不久要买新马车啦,最后,还推说应该严格遵守章程上的规定,其实章程只有极少几份,而且只给那些硬要看的旅客看看。

皮埃罗坦是个四十岁的人,已经是一家之主了。一八一五年军队遣散的时候②,他离开骑兵队,继承了父亲的旧业。他父亲也是马车夫,驾着一辆不大好使的双轮马车,来往于亚当岛和巴黎之间。皮埃罗坦娶了一个小客店老板的女儿之后,扩充了亚当岛的交通业务,使班车正规化起来。他为人精明,还像军人一样一丝不苟,使得大家对他刮目相待。皮埃罗

---

① "旅鸟",过路客的俗称。
② 一八一五年拿破仑战败,军队遣散。

坦(这个名字可能是个绰号①)手脚麻利,行事果断,面部表情灵活多变,在那饱经风霜的红脸膛上,刻下了一种狡狯的神态,看上去好像挺机灵。此外,他见多识广,随便碰到什么人都能攀谈起来。他的嗓音,因为习惯于和马说话,习惯于吆喝"当心马车",也变得有点粗声大气;不过他和大老板们说话的时候,倒还是柔声细气的。他的服装和一般二流马车夫的一样,包括一双本地制的、底上打钉的笨重结实的靴子,一条深绿色的粗绒长裤,一件同样料子的上衣。在他赶着载满客人的马车上路的时候,上衣外面还套了一件蓝罩衫,罩衫的领口、肩头、袖口,都绣了五颜六色的花纹。他的头上戴着一顶鸭舌帽。军人的生活使他养成了根深蒂固的等级观念和服从上层人物的习惯;虽然他对老百姓随随便便,但不论对哪个阶层的妇女,他都非常尊重。然而,用他自己的话来说,由于他用车子运人运得多了,结果把旅客都看成是会走路的货物,这种货物上了车后,并不像运输行的主要商品那么需要小心照料。

皮埃罗坦知道,自从议和②以来,大势所趋,他那一行有了很大的变革,他不甘心落后于物质文明的发展。因此,从春天起,他就常常提起那辆在大名鼎鼎的法里·布雷依曼造车厂定做的大马车,加之旅客越来越多,也使他不得不买一辆大客车了。那时,他的资产只有两辆车。一辆是他父亲留给他的,属于"布谷鸟"那一类,在冬天使用,他向税务局呈报纳税的也只是这一辆。这辆马车的两侧凸起,车厢里有两条板凳,

---

① 皮埃罗原是小丑的名字,皮埃罗坦由此变化而来。
② 指一八一五年法国战败议和。

坐得下六个旅客。板凳上虽然蒙了一层乌得勒支①黄丝绒，坐下去还是硬得像铁。两条板凳中间，背脊那么高的地方，有根横木为界，横木两端安装在车厢两壁的凹槽内，可以随意装上去，拆下来。

这根横木外面装模作样地包了一层丝绒，皮埃罗坦把它叫作"靠背"，旅客们却苦于它既难拆，又难装。如果说它装拆起来很困难，那么装好之后，旅客的肩胛骨却只会更加难受；要是你让它横在车厢里，则上车下车都不安全，对于妇女尤其危险。这辆马车两侧鼓起，活像一个孕妇的大肚皮。虽然每条板凳只应该坐三个旅客，却时常有八个人坐在两条凳上，挤得像装在桶里的鲱鱼一样。皮埃罗坦居然认为旅客这样坐更稳当，因为他们紧紧挤在一起，动也动不了；而三个旅客坐一条板凳却经常会撞来撞去，路上颠簸得厉害的时候，他们的帽子还可能在车篷上撞坏。车厢前面有条木板凳，这是皮埃罗坦的座位，那里也坐得下三个旅客。大家都晓得，坐在那里的旅客叫作兔子②。有时皮埃罗坦还要搭上四只兔子，自己只好坐在旁边一个木箱上。木箱钉在车厢的前下方，本来是给兔子做踏脚用的，里面总是塞满了稻草，或者是不怕踩的行李。这辆马车的车厢外面漆成黄色，上部漆了一道理发店标志似的蓝色长条作为装饰。在车厢两侧的蓝色长条上，都漆了银白色的大字：亚当岛—巴黎，车厢后面漆着：亚当岛班车。我们的后代要是当真以为这辆马车只能拉十三个人，而且包括皮埃罗坦在内的话，那就错了。这辆马车还有一个

---

① 乌得勒支，荷兰城市，乌得勒支省的省会。
② 巴黎人将坐在马车夫旁边位置上的旅客称作"兔子"。

四方的行李厢,上面盖着一块油布,里面堆着一些大小箱笼和包裹。每逢盛大的节日,这里也坐得下三个旅客,不过谨慎小心的皮埃罗坦只让他的老主顾坐在那儿,而且还要走过检查站三四百步以后才能上车。车夫们把这个行李厢叫作鸡笼,每逢路上有个村镇,而村里又有个警察岗哨,那里面的旅客就得提前下车步行。那时,警厅保证旅客安全的规章明文禁止超额载客,如果皮埃罗坦公然违章,警察虽然大都是他的朋友,也不便于包庇。因此,皮埃罗坦只有用这个办法,才能在星期六下午或者星期一早上,装上十五个旅客。为了拉得动这辆车,他给他那匹名叫"红脸"的超龄老马找了一个伙伴。这个伙伴只有一匹小驹那么大,但他却把它说得好得不得了。这匹小驹是匹雌马,名叫"小鹿";它吃得少,劲儿大,永远不会累垮,真算得上是一匹价值千金的好马。

"我老婆宁肯不要红脸这样的大草包,也舍不得小鹿哩!"遇到旅客跟皮埃罗坦开玩笑,说他的小鹿算不上一匹马的时候,他就会这样嚷着说。

另外一辆马车和这一辆不同,它有四个轮子,构造古怪,被称为四轮马车,坐得下十七个旅客,虽然只该坐十四个。它走起来响声这样大,只要一走出峡谷前山坡上的那片树林,亚当岛的人就会说:"瞧!皮埃罗坦来啦!"它的车厢分成两间,一间叫作内座,里面有两条板凳,坐得下六个旅客;另外一间有点像带篷轻便车,在车子前部,叫作"前座"。前座有一扇镶着玻璃的门,奇形怪状,开关很不方便,要描写它,就得花费很多的笔墨才能讲清楚。这辆四轮马车还有一个带软篷的顶层,里面塞得下六个旅客,外面用皮制的门帘挡风。皮埃罗坦坐在前座的玻璃门下一个几乎看不见的位子上。

所有的公共马车都得纳税,这位亚当岛的马车夫却只给他的双轮马车上捐,并且说它只能坐六个旅客,但他每次驾驶四轮马车的时候,也用这张行车执照。这在今天看来,可能显得非常奇怪;但在开始征收车捐的时候,税务局也不敢过分认真,只好容忍马车夫耍的那些欺骗手段。这使车夫们相当满意,用他们自己的话来说,就是可以耍一耍那些税务员。但不知不觉地,吃不饱的税务局也变得厉害了。现在,马车必须贴上双重印花,证明它的载重量经过鉴定,捐税都已缴清,否则就不准通行。一切事物都有它的幼稚时期,连税务局也不例外;在一八二二年底,税务局的幼稚时期还没结束。夏天,皮埃罗坦的四轮马车常常和双轮小马车同时上路,装着三十二个旅客,却只上六个旅客的捐税。在这些幸运的日子里,四点半钟从圣德尼城关开出的班车,很神气地在晚上十点钟到达亚当岛。皮埃罗坦因此得意扬扬,虽然不得不额外租几匹马,他还是说:"我们干得不坏!"为了用这套车马在五个钟头之内跑完九法里,他取消了大路上一般马车都停留的那几个站头:圣布里斯、穆瓦塞勒和"地窖"。

银狮旅馆占了一块很长的地盘。虽然旅店在圣德尼城郊大道的门面只有三四个窗户,但它的院子很深,整个房屋是紧靠着一堵公共的分界墙建筑的,院子尽里头是马房。旅店的入口像条走廊,门檐下面停得下两三辆马车。一八二二年,所有在银狮旅馆租了房间的运输行,都由旅店老板娘代办售票事宜,旅店里有几家运输行,老板娘就有几本账簿;她管收钱,登记旅客的姓名,和颜悦色地把行李搬到旅店的大厨房里。旅客们也很满意这种一家人似的无拘无束。如果他们来得太早,就坐在大壁炉的炉台下,或者站在门廊里,或者去棋盘街转角处的棋盘咖啡店。棋盘街和昂吉安街平行,两条街之间只隔几幢房屋。

这一年初秋,一个星期六的早上,皮埃罗坦双手穿过罩衫上开的口子,插在裤子口袋里,站在银狮旅馆大门口。从门口往里看,看得见旅店的厨房和又深又长的院子,在院子尽头,隐隐约约还可以看见阴暗的马房。往达马尔坦的客车刚开出去,笨重地追赶着图沙车行的几辆客车。时间已经是早上八点多钟了。门廊上方看得见一块长方形的招牌,上面写着:银狮旅馆。在高大的门廊下面,小马夫和运输行的搬运夫正在瞧着马车起跑。这种起跑往往叫旅客上当,使他们以为马永远能跑这么快。

"要不要套车,老板?"皮埃罗坦的小马夫见没什么可看的,就这样问他。

"已经八点一刻了,我还没有看见我的旅客呢!"皮埃罗坦回答,"他们钻到哪里去了?还是照旧套车吧。管它有货没货。老天爷!天气这么好,谁晓得我那位同行今晚会把旅客送到哪里;而上我这里登记的却只有四个旅客!真是星期六的好生意!你急着要钱用的时候,总是这样的!真是个倒霉的行当!干这一行倒霉透了!"

"要是旅客太多,你叫他们坐到哪里去呢?你今天只有一辆小马车呀!"搬运夫兼马夫设法安慰皮埃罗坦。

"我还有辆新车呢!"皮埃罗坦说道。

"新车在哪儿呀?"胖胖的奥弗涅马夫露出杏仁般的大板牙笑着问他。

"大饭桶!明日星期天,它就要上路了,要坐十八个旅客哩!"

"哎哟！好一辆漂亮马车，这下大路上可热闹了。"奥弗涅人说道。

"这辆车和开到丽山去的大客车一样，哼！崭新的！漆的是金红两色，美得会把图沙父子活活气死！我要用三匹马来拉车。已经找到了一匹和红脸配对的马，那小鹿就可以挺神气地走在前头了。喂，得了，还是套车吧。"皮埃罗坦说，一面往圣德尼门那个方向瞧着，一面把短烟斗里的烟草压压紧。"我看见那边来了一个妇女和一个挟着包袱的小伙子；他们是来找银狮旅馆的，因为他们不理会那些兜生意的双轮马车。嘿！嘿！我看那个妇女还像是个老主顾呢！"

"你总是空车出去，抵达的时候却满载着客人。"他的搬运夫对他说。

"但是没有货运！"皮埃罗坦说，"老天爷！多倒霉！"

墙脚下有两块很大的界石，那是为了防止车轴把墙基撞坏。皮埃罗坦在一块界石上坐了下来，神情不安，精神恍惚，有点反常。

刚才的谈话表面上听起来没什么，实际上却触动了皮埃罗坦内心深处的莫大忧虑。什么东西能够使皮埃罗坦心绪不宁呢？还不就是一辆漂亮的马车，可以在大路上显显身手，和图沙车行比个高低，扩大他的业务，使旅客称便，夸奖他的马车大有改进，不再听见人家不绝口地抱怨他的破木鞋[1]，这就是皮埃罗坦值得称赞的抱负。

这个亚当岛的马车夫被自己的欲望牵着鼻子走，想要挤掉他的同行，希望有朝一日，他的对手也许不得不把亚当岛的

---

[1] 指他的蹩脚马车。

班车生意让给他一个人干,他已经做了一件不自量力的事。他的确在法里·布雷依曼公司定做了一辆马车。这家造车厂刚用英国的方形弹簧代替法国的鹅颈弹簧和其他过时的发明;不过这些不信任人、又难通融的工厂老板,只肯见钱交货。这些老练的商人不太愿意造好了马车留在厂里占地方,一定要皮埃罗坦先交两千法郎才肯动工。为了满足他们公平合理的要求,这个要争口气的马车夫把他借来的钱和所有的财源都用光了。他的老婆、丈人、朋友都曾为他慷慨解囊。他头一天晚上还到油漆店去看过这辆漂亮的大马车,它已经一切齐备,只等上路了;不过要它明天上路,一定得先付清车款。

但是,他还差一千法郎呢!他不敢向旅店老板借这笔钱,因为他欠他的房租。但缺少这一千法郎,就有可能会丢掉预付的两千法郎。至于买新"红脸"的五百法郎,买新马具的三百法郎,还不计算在内。新马和马具都是赊来的,要在三个月内付款。刚才,由于失望而恼羞成怒,又为了要争一口气,他已经大言不惭地宣布:明天星期日,他的新马车要上路了。其实他心里暗自盘算:两千五百法郎当中先付一千五百,也许能使车厂老板软下心来,让他提取车辆。但他考虑了三分钟之后,忽然大声嚷起来:

"不,他们是些不通人情的狗东西!是卡住人脖子的枷锁!——还不如去找普雷勒的总管莫罗先生呢,"他起了一个新念头,就自言自语说,"他是个好说话的人,说不定会接受我开出的六个月的期票。"

这时,一个没穿号衣的仆人,扛着一个皮箱,从图沙车行出来,他在那里没有订到下午一点钟开往尚布利的班车座位,就来问马车夫:

"你是皮埃罗坦吗?"

"什么事?"皮埃罗坦说。

"如果你能等一刻钟的话,我的主人就坐你的车走;如果不能,我就把他的箱子扛回去,那他就只好坐出租马车去了。"

"我可以等两三刻钟,再多等一会儿也行,小伙子。"皮埃罗坦说,一面斜着眼睛瞧瞧那个漂亮的小皮箱,箱子关得紧紧的,上面有一把刻着爵徽的铜锁。

"那好,交给你吧。"仆人说,一面把箱子从肩上卸下来。皮埃罗坦接过箱子,掂了掂,瞧了瞧。

"拿去。"马车夫对搬运夫说,"用软一点的稻草把它包好,放在车子后面的柜子里。皮箱上面没有姓名。"他又补说了一句。

"有我家大人的爵徽。"仆人说。

"你家大人?那比金子更可贵了!去喝一杯吧。"皮埃罗坦眨眨眼睛说,接着就把仆人带到棋盘咖啡店去。"伙计,来两杯茴香酒!"他一进门就大声嚷道。"你的主人是谁?他要到哪里去?我怎么从来没见过你呀?"皮埃罗坦碰杯的时候问仆人道。

"你不认识我,这也难怪,"仆人接着说,"你们那个地方,我的主人一年也去不了一回,要去也总是坐自备马车去。他更喜欢奥尔热幽谷,那里有巴黎近郊最美丽的花园,真比得上凡尔赛宫。那是他家祖传的领地,人家就用这块领地的名字称呼他。你不认得莫罗先生吗?"

"你是说普雷勒的总管?"皮埃罗坦说。

"对,伯爵大人要到普雷勒去两天。"

"啊！德·赛里齐伯爵要坐我的车？"马车夫叫了起来。

"是的，伙计，正是这样。但是你得留神！有件事千万得记住。如果你车上有本乡人，你可别说出伯爵大人的真名实姓。他要 en cognito① 地旅行，他让我嘱咐你，并且答应给你一大笔酒钱。"

"啊！这次秘密旅行，说不定和穆利诺的佃农莱杰老爹来商量的买卖有关系？"

"我不知道，"仆人回答，"不过家里准是出了点岔子。昨天晚上，我去吩咐马房备车：今天早上七点，老爷打算坐道蒙式马车②到普雷勒去；但是，到了七点，老爷又说不用车了。老爷的亲随奥古斯丁认为他改变主意，是一个女人来访的结果，看样子，那女人是从普雷勒来的。"

"是不是有人说了莫罗先生的坏话？他可是个最正派、最规矩的人，真是人中的君子！哎！要是他想赚钱的话，他可以大大地捞上一把，真的！……"

"那他就做错了。"仆人一本正经地说。

"那么，德·赛里齐先生真的要到普雷勒来住吗？既然公馆已经修理好，也布置好了。"皮埃罗坦停了一会又问，"听说已经花了二十万法郎，是真的吗？"

"如果你我有人家浪费掉的那笔钱，我们就够格当老板了。要是伯爵夫人也去普雷勒，啊！你瞧吧，那莫罗一家可休想再享福了。"仆人带着神秘的神气说。

"莫罗先生真是个好人哪！"皮埃罗坦又说，他老在想着

---

① 意大利文，本应为 incognito，意思是隐匿姓名身份，仆人误说成 en cognito。
② 一种由两名车夫赶的四驾马车。

向总管借一千法郎的事,"他叫人乐意为他干活,待人也不苛刻,又会尽量利用土地的收益,这都是为了他的主人呀!多好的人啊!他时常到巴黎来,总是坐我的车,赏我的酒钱真不少,并且总有一大堆事托我在巴黎代办。每天都有三四包东西要带去,不是替先生带,就是替太太带;为了这些托带的小东西,每个月给我一张五十法郎的领款单。莫罗太太很喜欢她的孩子,要是说她也稍微摆摆阔,那就是让我去学校接他们,又把他们送回去。每次她都赏我一百个苏,一个摆阔的贵夫人也不过如此了。啊!每逢我车上有他们家的人,或是有人要去他们家里,我总是把车子一直开到公馆的铁栅门前……照理应该如此,你说对不对?"

"听说莫罗先生在伯爵大人派他做普雷勒的总管以前,手上连一千埃居都没有。"仆人说。

"不过,从一八〇六年起,这位先生一连干了十七年,也该攒点家私了!"皮埃罗坦回嘴说。

"这倒是真话,"仆人点点头说,"不过,这样一来,主人可要给人家笑话了。为莫罗着想,我倒希望他已经装满了他的腰包。"

"我从前时常运送时鲜货,"皮埃罗坦说,"送到昂丹大道你们公馆里,不过我从来没福气碰上你家老爷或夫人。"

"我家老爷是个好人,"仆人诡秘地说,"不过,既然他要你为他的身份保密,那一定是出了什么事。至少,我们公馆里的人都是这样想的;不然为什么不坐道蒙式马车?为什么要坐公共马车呢?难道一位法国贵族老爷还坐不起一辆出租马车吗?"

"出租马车一个来回可能向他要四十个法郎;因为你要

晓得,这条路哇,若是你不熟悉的话,真是像松鼠走的路一般难走呢。呵!总是一上一下。"皮埃罗坦说,"贵族老爷也罢,财主老板也罢,每个人都得精打细算呀!假如伯爵大人这次旅行和莫罗先生有关系的话……我的天,万一他出了什么事,那叫我多么着急!老天爷!难道没有办法预先关照他一声?因为他的确是一个好人,十足的好人,人中的君子啊!……"

"咳!伯爵大人也很喜欢莫罗先生呀!"仆人说,"不过,如果你要我给你出出主意的话,你就听我的:少管闲事为妙。我们照顾自己还忙不过来呢。人家要你怎样做,你就怎样做好了,千万不要在伯爵大人面前耍什么花招。你要晓得,说到底,伯爵是慷慨大方的。只要你帮了他这么一点忙,"仆人说时指着一个手指甲,"他就会帮你这么大的忙。"他说时伸出一只胳膊。

这个考虑周到的意见,尤其是这个形象化的比喻,出自德·赛里齐伯爵的二等亲随之口,使皮埃罗坦对普雷勒领地总管的热心,也不得不冷下去了。

"算了吧,再见,皮埃罗坦先生。"仆人说。

为了了解皮埃罗坦的马车里将要发生的戏剧性事件,这里需要赶快交代一下德·赛里齐伯爵和他的总管的生平。

于格雷·德·赛里齐先生是由弗朗索瓦一世[①]封为贵族的大名鼎鼎的于格雷议长的嫡系子孙。

于格雷家族的纹章是一半金黄,一半黑色,上有一道昏暗的金边,中间有两个菱形,一个黑的里面套个金的。纹章上

---

① 弗朗索瓦一世(1494—1547),法国国王。

的铭文是:I,SEMPER MELIUS ERIS①。这句铭文和两旁的两个线轴图案说明了:在等级森严的时代,平民之家是何等谦逊,同时也说明了我们古老风俗的淳朴,人们用音义双关的文字做游戏,从拉丁语铭文中拼出了伯爵领地的称呼:赛里齐②。

伯爵的父亲在大革命③之前是议会的议长。至于伯爵本人,早在一七八七年他才二十二岁的时候,已经是大议会的议员了,那时他就以善于解决难题而出名。大革命期间他没有逃往国外,而是住在阿帕戎附近的赛里齐庄园,人家对他父亲的敬重使他幸免于难。他在那里住了几年,照料德·赛里齐议长。到一七九四年,他的父亲去世后,他被选入"五百人议会",担任立法方面的工作,这样可以减轻他丧父的悲痛。

雾月十八日④以后,德·赛里齐先生像议会中所有的名门望族子弟一样,成了首席执政拉拢的对象。执政把他安置在国务委员会,要他整顿一个最混乱的部门。这位贵族世家的后裔,竟成为拿破仑庞大宏伟的国家机构中一个最起作用的成员。因此,这位国务委员不久又离开了他原来的部门,去担任大臣的职务。皇帝封他为伯爵和上议员,他还先后做过两个王国的总督。一八〇六年,这位议员四十岁的时候,和前侯爵德·龙克罗尔的妹妹结了婚。侯爵的妹妹原来是共和国一位赫赫有名的戈贝尔将军的夫人,二十岁就守寡,继承了戈贝尔的遗产。这桩亲事门当户对,为德·赛里齐伯爵锦上添

---

① 拉丁文:日臻完善。
② melius 最后一个字母 s 和 eris 拼成"赛里"(séri),eris 最后一个字母 s 和铭文第一个字 i 拼成"齐"(sy),合成"赛里齐"(Sérisy)。
③ 指一七八九年法国资产阶级革命。
④ 一七九九年雾月十八日,拿破仑发动政变,自任首席执政,后来称帝。本书中的"首席执政"和"皇帝"都指拿破仑。

花,使他巨大的财产增加了一倍,还使他成了被皇帝封为伯爵兼御前常侍的前侯爵德·鲁弗尔的连襟。

一八一四年,德·赛里齐先生由于公务繁重,心力交瘁,健康欠佳,需要休息,便辞去一切职务,离开皇帝委派他主管的总督府,回到巴黎。拿破仑见他情况属实,只好照准。这位不知疲劳的皇上,也不相信别人会疲劳,最初竟把德·赛里齐伯爵的辞职,看作是眷恋故主的背叛行为。所以,虽然这位上议员没有失宠,人家却以为他对拿破仑心怀不满。因此,到波旁王朝复辟的时候,既然德·赛里齐先生承认路易十八是正统君主,路易十八就对这位成了法兰西贵族的上议员信任备至,派他掌管枢密事宜,封他为国务大臣。三月二十日,德·赛里齐先生并没有到根特去①,但他通知拿破仑说:他要继续效忠波旁王室,并且拒不接受百日皇朝授予他的贵族爵位。在这短命的朝代,他一直住在他的领地上。皇帝第二次退位后,他理所当然地又成了枢密院的成员,被任命为行政法院的副院长兼清算大臣,代表法国处理战胜国提出的赔款问题。他不讲究个人排场,也没有个人野心,但对公家的事却起着很大的作用。没有和他商量,政府就不能做出任何重要决定;但他从来不到宫廷去,就是在他自己的客厅里也很少露面。这位贵族的生活,开始是专心于工作,后来却变成连续不断的工作了。伯爵一年四季都是清晨四点钟起床,一直工作到中午,再去处理法兰西贵族院或行政法院副院长的公务,晚上九点就睡了。为了酬谢他的劳绩,国王曾授予他骑士团勋章。

---

① 一八一五年三月二十日,拿破仑重新夺取政权。三月十九日,波旁王朝的路易十八逃到比利时的根特(又译冈城),一些效忠王室的大臣也随驾前往。

德·赛里齐先生很久以前就得过荣誉勋位大十字勋章,还得了西班牙的金羊毛勋章、俄国的圣安德烈勋章、普鲁士的黑鹰勋章,总而言之,他几乎得过欧洲各个宫廷的勋章。在政治舞台上,没有谁像他这样少露面而起大作用的。大家知道,对于这种品格的人,浮华虚荣,显赫恩宠,成败得失,都无足轻重。不过除了神甫以外,要是没有特殊的原因,谁也不会过他那样的生活。他这种莫测高深的行为自有他难以启齿的原因。

他娶他的夫人之前,早已爱上了她,这种狂热的恋情,使他能够忍受和一个寡妇结婚所带来的、不足为外人道的一切痛苦。这个寡妇在再醮之前和之后,一直保持着私生活的自由。她再醮后享受的自由甚至更多,因为德·赛里齐先生对她非常纵容,就像一个母亲纵容一个娇惯坏了的孩子一样。他只好把经常不断的工作当作挡箭牌,不让人看出他埋藏在内心深处的悲哀,而政治家是知道如何小心在意地掩盖这类秘密的。此外,他也明白,他的妒忌心理在外人看来,会显得多么荒唐可笑,人家怎么想象得到,一个像他这样年高德劭的达官贵人,还会有这样强烈的夫妇感情?他怎么从结婚的头几天起,就被他的夫人迷得神魂颠倒?当初,他是怎样忍受痛苦而没有报复的?后来,他又怎么不敢再报复了?他怎样用希望来欺骗自己,让时光白白溜了过去?一个年轻、漂亮而又聪明的妻子,又用了什么手腕使他甘心当奴隶的?

回答这些问题需要很长的篇幅,而那样则会喧宾夺主,何况其中的奥秘,即使男人猜不到,女人至少能猜到八九分。我们只想提示一下:正是伯爵繁重的工作和内心的痛苦不幸地凑合在一起,使他失去了一个男人在危险的竞争中想要博得女人欢心所必不可少的有利条件。因此,伯爵最难堪的、不可告人的隐痛,就是他因为工作过度劳累而得来的毛病,使得他的妻子不喜欢他变得情有可原。他对他的妻子很好,甚至可以说是太好了。他让她当家做主,自由自在;她可以在家里接待全巴黎的人士,下乡或者回城,完全像她孀居的时候一样独来独往;他为她照管财产,尽量供她挥霍,好像是个管家。伯爵夫人对她丈夫也非常尊敬,她甚至挺喜欢他的聪明才智;她善于说上一句赞同他的话,使他受宠若惊;因此,她只要和他谈上一个钟头,就可以随心所欲地摆布这个可怜的男人。像从前的大贵族一样,伯爵小心在意地保护他妻子的名誉,损害她的名誉就是对他的莫大侮辱。社会上非常钦佩他这种美德,德·赛里齐夫人也因而受惠不浅。换了任何别的女人,即使出身于德·龙克罗尔这样的名门望族,也会意识到自己这样胡作非为可能要身败名裂的。伯爵夫人非常忘恩负义,但是她连负心时都能令人倾倒。她懂得找机会给伯爵的创伤敷上一层香膏。

现在,让我们来说明这位国务大臣隐匿身份旅行的原因吧。

瓦兹河畔的丽山有一个名叫莱杰的富裕佃农,他经营着一片田地,田地的每一个零星小块都嵌插在伯爵的领地内,这有损于普雷勒领地的完整美观。这片田地属于瓦兹河畔的丽山一个名叫马格隆的业主。一七九九年,这片地租给莱杰的时候,还看不出农业发展的前途;现在,租约就要满期,地产主却拒绝了莱杰续订租约的建议。很久以来,德·赛里齐先生就想摆脱这些小块插花地所造成的麻烦和纠纷,存心要把这片田地全买下来,因为他知道马格隆先生唯一的希望,不过是使他的独生子(那时还是一个普通的税务员),能够被委任为桑利斯地区的税务官。莫罗对他的东家提到过,有人想要抢买这片田地,那就是莱杰老爹。这个农夫知道,如果把这片地零零碎碎地卖给伯爵,可以把价钱抬得多么高;他完全可以出一大笔钱来买这地,这笔钱得比小马格隆当税务官能赚到的还多。两天以前,伯爵急于了结这桩事,已经把他的公证人亚历山大·克罗塔和他的诉讼代理人但维尔找来,一起研究这笔买卖。虽然但维尔和克罗塔都对莫罗总管办这桩事的热心表示怀疑,正是因为有人写匿名信告发莫罗,伯爵才找他们来商量的,但是伯爵反倒替莫罗说好话,说他十七年来,一直是忠心耿耿地为他办事的。

"那么,好吧,"但维尔回答,"我建议大人亲自到普雷勒去一趟,并且请这位马格隆吃一顿饭。克罗塔也派他的首席帮办去,要带一张留了空页、空行的卖田文契,好填写田地的方位和其他名目。最后,请大人带一张银行支票,必要的时候可以预付一部分田价,还有,千万不要忘了委任他的儿子做桑利斯地区的税务官。要是您不一口气办完这桩事,这片田地就会从您手里溜掉!伯爵先生,您还不知道这些农夫多么滑头。农夫和外交官打交道,外交官总是要认输的。"

克罗塔也支持这个意见,根据仆人对皮埃罗坦透露的秘密,意见当然是为法兰西的贵人所采纳了。头一天,伯爵要丽山班车带信给莫罗,叫他邀请马格隆来吃晚饭,好了结穆利诺田产的事。在这桩事之前,伯爵已经吩咐修复普雷勒的公馆。一年以来,一位很走红的建筑师葛兰杜先生,每个星期都要到普雷勒来一趟。德·赛里齐先生来购置田产,同时也是想察看一下装修工作进行得怎么样了。他把修缮房子的事看得很重,因为他打算把他的夫人带来,让她感到意外的高兴。但是，伯爵头一天还想堂而皇之地到普雷勒去，究竟出了什么事情，使他要坐皮埃罗坦的马车旅行呢？

说到这里，就不得不谈谈总管的身世了。

普雷勒领地的总管莫罗，是一个外省检察官的儿子。这位检察官在大革命时期成了凡尔赛的检察委员。凭这个身份，莫罗的父亲差不多就保全了德·赛里齐先生父子的生命财产。但莫罗公民是一个丹东派；罗伯斯庇尔对丹东派毫不容情，到处追捕他，最后发现了他，就把他在凡尔赛处决了。小莫罗继承了他父亲的思想感情，在首席执政初掌政权的时候，参与了密谋造反的事件。那时，德·赛里齐先生以德报德，不肯后人，及时地使已被判决的莫罗免于一死。到了一八〇四年，他又为他请求恩赦，得到特许。他先要莫罗在他的办公厅工作，后来又用他做秘书，负责处理他的私人事务。

莫罗在他的保护人结婚之后不久，就爱上伯爵夫人的一个侍女，并且和她结了婚。为了避免这种有失身份的结合所造成的尴尬局面——这种情况在宫廷内不乏先例——他就请求去管理普雷勒的领地。到了那里，他的妻子可以摆夫人的架子，在那个小天地里，他们两人都不会感到有损尊严。伯爵在普雷勒也需要有一个靠得住的人，因为他的夫人喜欢住在离巴黎只有五法里的赛里齐领地。三四年来，莫罗已经掌握了办事的诀窍，他很聪明；而且早在大革命以前，他就在他父亲的事务所学过这一套；于是德·赛里齐先生对他说：

"你已经栽了跟头，很难再有出头之日；不过，你会有好日子过的，我将为你做出安排。"果然，伯爵给莫罗一千埃居的固定薪水，让他住在下房尽头一所漂亮的楼房里；此外，他砍多少木柴取暖，用多少燕麦、稻草和干草喂马，数量不限，还让他从地产收益中抽取一部分实物。一个区长都没有这么好的待遇呢。

莫罗当总管的头八年,称得上是细致认真、专心一意地经营着普雷勒。当伯爵来视察领地,决定是否添置产业,或者批准修建工程的时候,对他的忠心耿耿印象很深,非常满意,并且给了他大笔赏金。可是等到莫罗生了一个女儿,第三次做爸爸的时候,他在普雷勒已经过惯舒服的生活,就不再把德·赛里齐先生对他的莫大恩情放在心上了。因此,到了一八一六年,一向只在普雷勒享福的总管,居然接受了一个木材商人二万五千法郎的贿赂,签订了一个使商人有利可图的租约,准许他在十二年内伐取普雷勒领地上的木材。莫罗寻找借口说:他也许得不到退休金,而他又是有儿女的人,为伯爵干了将近十年,捞一笔也无可厚非;况且,他已经合法地积蓄了六万法郎,再加上这笔款子,就可以在瓦兹河右岸、亚当岛上首的香槟地区,买一个价值十二万法郎的田庄。政局的变化使伯爵和地方人士都没有注意这份用莫罗太太名义购置的产业,人家都以为这是她从圣洛老家一个姑奶奶那里继承到的一份遗产。

自从总管尝到地产的甜头以后,他的行为在表面上还是无懈可击的;不过他再也不放过任何一次可以增加秘密财产的机会,他三个孩子的利益,冲淡、扑灭了他的耿耿忠心。虽然如此,我们还是应该为他说句公道话:虽然他接受贿赂,做买卖时多照顾了自己,甚至有时还滥用职权,但从法律观点看来,他还是个无罪的人,没有人提得出任何罪证来控告他。根据手脚最干净的巴黎厨娘对法律的理解,他这不过是和伯爵分享他凭本事赚来的钱而已。他这种中饱私囊的办法,不过是个良心问题罢了。莫罗为人机灵,很会为伯爵打算,他决不放过为主人购置便宜田产的好机会,他自己也可以从中捞到一份厚礼。普雷勒领地每年收入七万二千法郎。因此,当地方圆十法里之内流传着一句话:"德·赛里齐先生真是分身有术,找到了莫罗这样一个替身!"莫罗是个谨慎的人,从一八一七年起,就把他每年的收入和薪水都买了公债,这样,他的利息就神不知鬼不觉地增长起来,越积越多。他曾经谢绝做生意,推辞说自己没有钱。他在伯爵面前很善于装穷,结果他的两个孩子都在亨利四世中学得到了全官费补助。这时,莫罗有十二万法郎的资本买了贬值公债,公债的利息是百分之五,后来涨到八十法郎。这笔没人知道的十二万法郎,加上在香槟不断添置的田产,合起来大约值二十八万法郎,每年可以给他增加一万六千法郎的收入。

以上就是伯爵要买穆利诺田产时总管的经济情况。伯爵想在普雷勒过安静的日子,就非把穆利诺的田产买到手不可。这片田产包括九十六块土地,每块土地都紧靠或挨近普雷勒领地,并且常常像棋盘上的棋子似的插在领地中间,还不用说那些公共的篱笆和分界的沟渠。有时为了砍一棵树,如果树属于哪一家并不明确的话,就会发生令人恼火的争执。换上另外一位国务大臣,为了穆利诺的田产,每年少说也要打上二十次官司。莱杰老爹想买这片田产,也只是打算转手卖给伯爵而已。这个农夫为了更有把握赚进三四万法郎,早就打主意要疏通莫罗了。在星期六这个紧要关头的前三天,莱杰老头实在沉不住气了,就在地里向总管摊了牌,说他不妨把德·赛里齐伯爵的钱投资在商量好了的田地上,可以净得百分之二点五的纯利,这就是说,莫罗可以像往常一样,表面上为他的东家出力,暗地里却能得到莱杰送他的四万法郎外快。

"的确,"总管晚上睡觉的时候对他的老婆说,"要是我能从穆利诺地产的买卖中挣到五万法郎——因为大人大约会赏我一万的——那我们就不干了,搬到亚当岛那所诺让石盖的小公馆里去住。"

这所精致的小公馆是孔蒂亲王为一位夫人修建的,陈设考究,无美不备。

"那我可高兴啦!"他的老婆回答说,"现在住在那里的荷兰人把房子好好地修理了一番,只要我们出三万法郎就肯把房子出让,因为他不得不回到东印度群岛去。"

"那我们离香槟就只有两步路了,"莫罗接着说,"我还打算花十万法郎,买下穆尔的田庄和磨坊。这样,我们一年可以有一万法郎的土地收益,还有一所全区最讲究的房子,房子离地产又只有几步远。此外,公债券一年大约还有六千法郎利息。"

"你为什么不去亚当岛捞个治安法官当当呢?那我们就更有地位,而且可以多挣一千五百法郎啦。"

"啊!我也打过这个算盘。"

莫罗正在盘算这些事情,忽然听说他的东家要来普雷勒,并且要他邀请马格隆星期六来吃晚饭,他赶快派了一个专差,给东家送去一封信。不料信交到伯爵第一亲随奥古斯丁手里的时候,已经是深更半夜,当然不便禀报德·赛里齐先生;不过奥古斯丁碰到这种情况,总是照例把信放在伯爵的办公桌上。在这封信里,莫罗请伯爵不必劳神远来,并且请他相信他会尽力把事办好。在他看来,马格隆不愿意整批卖田,说过要把穆利诺的田产分成九十六块出卖;因此,非得使他打消这个念头不可,总管又说,可能不便用真名实姓和他打交道。

每个人都有自己的冤家对头。总管夫妇在普雷勒也得罪过一个名叫德·雷贝尔的退役军官和他的妻子。他们先是唇舌相争,然后挖苦讽刺,最后弄得剑拔弩张,势不两立了。德·雷贝尔先生一心只想报复,他要弄得莫罗丢掉饭碗,自己取而代之。这两个主意本来就是相互关联的。因此总管两年来的作为,雷贝尔夫妇全都看在眼里,知道得清清楚楚。就在莫罗派专差送信给伯爵的同时,雷贝尔也打发妻子到巴黎去。德·雷贝尔太太急着要求谒见伯爵,可她到达的时候伯爵已经就寝,她头天晚上九点钟被打发出来,但第二天早晨七点钟,她还是被领进了伯爵的公馆。

"大人,"她对国务大臣说道,"我丈夫和我,我们都不是那种写匿名信的人。我是德·雷贝尔的妻子,娘家姓德·科鲁瓦。我丈夫每年只能领到六百法郎退休金。我们住在普雷勒,您的总管一次又一次地欺侮我们这种安分守己的人。德·雷贝尔先生一点也不会巴结讨好,他当了二十年兵,但是总和皇帝离得很远,他一八一六年退伍的时候才是个炮兵上尉,伯爵大人!您当然知道,军人不在主子跟前,要晋升是多么困难;加上德·雷贝尔先生老老实实,不会逢迎,更得不到他上司的欢心。我丈夫三年来一直把您的总管的所作所为看在眼里,想要使他丢掉他现在的差事。您看,我们是有啥说啥的。莫罗把我们当作对头,所以我们也不放过他。我这次来就是为了告诉您,在穆利诺田产的买卖中,他们把您耍了。他们打算从您这里多赚十万法郎,再由公证人、莱杰和莫罗三个人私分。您说要请马格隆吃饭,您打算明天到普雷勒去;可是马格隆会装病,而莱杰以为田产十拿九稳可以到手,已经到巴黎来提取现款了。我们把这件事一五一十地告诉您，是因为如果您需要一个不捣鬼的总管的话，我丈夫就可以为您效劳；虽然他是个贵族，可是他准会像服兵役一样为您办事。您的总管已经捞到二十五万法郎私产，他也没有什么值得同情的了。"

伯爵冷淡地向德·雷贝尔太太道了谢，空洞地许了许愿，因为他瞧不起告密的人；但一想起但维尔的猜测，他心里也动摇了；后来忽然一眼看见总管送来的信，他一口气把信读完；读到总管请他放心，并且十分委婉地埋怨伯爵不信任他，要亲自过问这区区小事时，伯爵就猜到了莫罗的用意。

"贪污总是伴着财富而来的！"他心里想。

于是伯爵向德·雷贝尔太太随便问了几个问题，与其说是要了解详细情况，不如说是争取时间来观察她。他还给他的公证人写了一张字条，叫他不要派他的首席帮办去普雷勒，而要他亲自去赴宴会。

"要是伯爵先生认为，"德·雷贝尔太太临走之前说，"我不应该瞒着德·雷贝尔先生私自来拜见您，那现在至少也该请您相信，关于您那个总管的情况，我们都是听其自然地得到的，丝毫没有做什么欺心的见不得人的事。"

德·科鲁瓦家出生的德·雷贝尔太太笔直地站着，好像一根木桩。伯爵抓紧时间打量她，看到的是一张漏勺似的、到处是洞的麻脸，平板干瘦的身材，两只目光灼灼的眼睛，金黄色的鬈发紧贴在心事重重的额头上，头戴一顶有粉红衬里的、褪色的绿缎子帽，身穿一件带紫色圆点的白袍，脚上着一双皮鞋。伯爵一望而知这是一个穷上尉的老婆，一个订阅《法兰西邮报》的清教徒，做人规规矩矩，但对一个肥缺能够带来的舒服生活也很敏感,并且非常眼红。

"您说只有六百法郎的退休金?"伯爵说,与其说他在回答德·雷贝尔太太刚才讲的话,不如说他在自言自语。

"是的,伯爵先生。"

"您的娘家姓德·科鲁瓦?"

"是的,先生,这是梅桑地方的名门望族,我丈夫也是梅桑人。"

"德·雷贝尔先生在第几联队服过役?"

"在炮兵第七联队。"

"好的!"伯爵记下联队的番号时说。

他想到不妨把领地交给一个退伍军官管理,因为此人的经历,可以到陆军部去调查清楚。

"太太,"他拉铃叫亲随进来时说,"您同我的公证人一道回普雷勒去,他会去赴宴的,您的事我会跟他打招呼;这是他的地址。我自己要秘密地到普雷勒去一趟,我会叫人通知德·雷贝尔先生来见我的……"

因此,德·赛里齐先生要坐公共马车外出,吩咐不得泄露他的身份。这个消息使马车夫吃了一惊,但并不是一场虚惊。马车夫预感到,他的一个老主顾就要大祸临头了。

皮埃罗坦走出棋盘咖啡店,看见银狮旅馆门口有一个妇人和一个小伙子,他职业性的敏感使他一眼就看出这是他的主顾;因为那妇人伸长脖子,露出着急的神情,显然是在找他。她身穿一件重新染过的黑绸连衣裙,头戴一顶淡褐色帽子,披着法国制的旧开司米披肩,脚上穿的是粗丝袜子和羊皮鞋,手里拿着一个草提篮和一把天蓝色雨伞。这妇人从前一定很漂亮,现在看来有四十岁光景;她蓝色的眼睛不再闪耀着幸福的光辉,这说明她已经很久不过社交生活了。因此她的装束和姿态,都表明她是个全心全意为家务和儿女操劳的母亲。她的帽带已经褪色,帽子的式样说明至少已经戴了三年。她的披肩是用一枚断头针加上一团火漆扣住的。这个不知名的妇人着急地等待着皮埃罗坦,要把儿子托付给他。孩子当然是头一次出门,所以母亲要把他一直送到车上,一半是不放心,一半也是心疼孩子。母亲配上这么一个儿子,真可以说是相得益彰;要是没有这个母亲,儿子也就不会给人一眼看穿。母亲不得已让人看见了她那缝补过的手套,儿子穿的橄榄色长外衣,袖子太短了一点,没有遮住手腕,这说明他正在发育成长,正像那些十八九岁的青年一样。他穿着母亲补过的蓝色长裤,如果上衣一不凑趣,衣摆忽然掀开,就会露出屁股上的补丁。

"不要把你的手套扭来扭去,这样会把它扭得越来越皱的。"她正说着,皮埃罗坦露面了。"您是车把式吗?……啊!是您呀,皮埃罗坦!"她接着说,并且暂时把儿子丢下,拉着马车夫走了两步。

"您好吗,克拉帕尔太太?"马车夫回答,他脸上的神情既流露了几分尊重,也表示了几分随便。

"好,皮埃罗坦。请照顾照顾我的奥斯卡吧,这是他头一次一个人出门。"

"哦!他一个人到莫罗先生家里去?……"马车夫嚷着说,他想弄清楚这个年轻人是不是的确到那儿去。

"是的。"母亲回答说。

"那么,莫罗太太同意他去?"皮埃罗坦带着一点明白内情的神气接着问道。

"唉！"母亲说，"可惜情形不像您说的那么好，可怜的孩子；不过为他的前途着想，也不得不去了。"

这个回答深深地打动了皮埃罗坦的心，使他不敢把他为总管担忧的心事向克拉帕尔太太吐露，同样，她也不敢叮嘱得太多，把马车夫当监护人看待，那会有损她儿子的体面。他们心里各有各的考虑，嘴上只好谈谈天气、道路、沿途的车站等等。趁着这个当儿，不妨来解释一下皮埃罗坦和克拉帕尔太太之间有什么关系，为什么他们刚才谈了那么两句会心的话。时常，这就是说，每个月总有三四回，当皮埃罗坦路过地窖到巴黎去的时候，他总是发现莫罗总管一看见他的马车来，就向一个园丁做做手势。于是园丁就来帮皮埃罗坦把一两筐装得满满的水果或者时鲜菜蔬，还有母鸡、鸡蛋、黄油、野味等等，一齐装上马车。总管除了把运费交给皮埃罗坦之外，如果运送的东西里面有过关卡时应该纳捐上税的，还会另外给钱。不过这些菜篮、果筐、大包小件，从来不写收件人的姓名地址。只是在头一回，总管为了免得以后再麻烦，才亲口把克拉帕尔太太的住址告诉了懂事的马车夫，并且叮嘱他千万不要把这件他看得非常重要的事情转托别人代办。皮埃罗坦猜想总管大约是和什么小娇娘有了暧昧关系，不料他一到兵工厂区樱桃园街七号，看到的却不是他想象中的年轻漂亮的美人儿，而只是刚才描写过的克拉帕尔太太。送信人的身份使他们可以深入许多家庭的内部，接触到不少的秘密；但是盲目的社会也是半个命运的主宰，它使他们不是没受教育，就是缺乏观察力，结果他们也并不危险。因此，几个月后，皮埃罗坦虽然隐隐约约看到一些樱桃园街的内部情况，还是摸不清克拉帕尔太太和莫罗先生的关系。

虽然这时兵工厂区一带的房租不算贵,克拉帕尔太太还是住在一座楼房后院的四层楼上。当王朝的达官贵人都聚居在图尔内勒宫和圣保罗大厦的旧址时,这座楼房也曾是某个大贵族的公馆。到十六世纪末,这些名门望族才瓜分了从前王宫御花园所占用的大片土地,因此,这些街道还保留着当年的名字,叫作樱桃园街、大栅栏街、雄狮街等等。

克拉帕尔太太住的这套房全都镶着古老的护壁板,它包括三个相通的房间:一间餐厅,一间客厅,一间卧房。楼上还有一间厨房和奥斯卡的卧室。这套房间对面,在巴黎人叫作"楼梯口"的地方,看得见一间向外凸出去的房子。这种房间每一层楼都有一间,加上楼梯井,形状像一个四方的塔楼,外墙是用大石头砌成的。这就是莫罗在巴黎过夜时住的房间。皮埃罗坦把筐子、篮子放在头一间房里的时候,看见那里有六把带草垫的胡桃木椅子、一张桌子和一只碗橱,窗子上挂着赤褐色的小窗帘。后来,他也进过客厅,看到一些褪了色的、帝国时代的旧家具。此外,客厅里只有些起码的陈设,没有这些陈设,房东会怀疑房客付不起房租的。根据客厅和餐厅的摆设,皮埃罗坦猜想得到卧房里的情况。护壁板的横头涂了厚厚一层不红不白的劣等油漆,使得花边、图案、雕像都看不清楚,不但不像装饰,反而叫人看了难受。地板从来没打过蜡,颜色灰暗,就像寄宿生宿舍里的地板一样。有一次马车夫无意中在克拉帕尔夫妇用餐的时候走进去,发现他们的杯盘碗盏,任什么东西都显得非常寒酸;虽然他们使的还是银质餐具,但是碟子和汤盘跟穷人家用的并无不同,不是破了一只角,就是修补过,看了叫人觉得可怜。克拉帕尔先生穿一件窄小的蹩脚上衣,拖着一双肮脏的拖鞋,鼻子上老挂着一副绿眼镜。一脱下他那顶戴了五年的、难看得要命的鸭舌帽,就会露出一个尖尖的脑壳,头顶上垂下几根细长而油污的须须,这种须须,诗人是不肯把它叫作头发的。这个脸色苍白的人看起来畏畏缩缩,其实非常蛮横霸道。在这套朝北的寒酸的房间里,除了对面墙上的葡萄藤和院子角落里一口水井之外,看不见别的景色。但是在这套房间里,克拉帕尔太太却摆出一副皇后的气派,走起路来,像是一个只习惯坐车而不用脚走路的女人。在向皮埃罗坦表示谢意的时候,她的眼神往往流露出不胜今昔之感;有时还把几个十二苏的铜板,悄悄地塞到他的手里。她的声音也很娇媚动人。皮埃罗坦不认识奥斯卡,因为这个孩子过去在学校里寄宿,马车夫还没有在他家里碰见过他。

下面就是皮埃罗坦怎么也猜不到的一段辛酸史,虽然他近来向看门的女人打听过消息,但是那个女人什么也不知道,只知道克拉帕尔夫妇交二百五十法郎的房租,只有一个女用人每天早上来几个钟头,帮忙做做家务,克拉帕尔太太有时还得自己洗衣服,她每天付清她的邮资①,仿佛累积起来,这笔债就无法偿还了。

世界上没有,或者不如说,很少有一个犯人是百分之百罪的。因此,人们很难碰到一个彻头彻尾的坏蛋。一个人向他的老板报账的时候,可能会报假账,揩点油,尽量多占一点便宜;一个人为了挣到一笔钱,或多或少,手脚总会有点不干净;但是很少有人一辈子不做几件好事的。哪怕是为了好奇,

---

① 在发明邮票以前,邮费是根据邮件的重量和距离的远近由收信人支付的,收费很高。

为了面子，或者是反常，或者是偶然，一个人也总有做好事的时刻；他会认为这是错误，可能再也不肯重蹈覆辙了；但是在他一生之中，总有一两次会拔一毛以利天下的，正如一个最粗鲁的人也会有一两次显得文雅一样。如果莫罗的错误情有可原的话，难道不是因为他一心想要救济一个可怜的女人？这个女人对他的情意，曾经使他感到骄傲，而在他有危难的时候，她还为他提供过藏身之所呢。这个女人在督政府时期非常出名，因为她和当时的五大巨头之一有亲密的关系。由这个有权有势的靠山撮合，她和一个军用物资承办商结了婚。这个商人赚了几百万家私，但到一八〇二年，却给拿破仑搞得破了产。这个商人名叫于松，因为从豪华阔绰的生活突然堕入贫穷困苦的境地而发疯，跳了塞纳河，丢下了年轻貌美、怀有身孕的于松太太。莫罗和于松太太有非常亲密的关系，但那时他已被判死刑，不但不能娶军用物资承办商的寡妇，甚至还不得不暂时弃乡背井，离开法国。当时于松太太年方二十二岁，在逆境中，下嫁给一个名叫克拉帕尔的小职员。克拉帕尔是个二十七岁的年轻人，从外表看来，人家认为他前途大有希望。但愿上帝保佑女人，不要一看见前途无限的美男子就上当吧！在那个时期，小职员摇身一变就可以成为大人物，因为皇帝正在搜罗人才。可惜克拉帕尔虽然天生一副好皮囊，却俗里俗气，没有一点才智。他以为于松太太非常有钱，就假装对她一往情深；但是不管现在也罢，将来也罢，他不但不能满足她过阔绰生活的需要，反而成了她的负担。克拉帕尔相当不称职地在财政部干一个小差事，每年的收入还不到一千八百法郎。莫罗回到德·赛里齐伯爵身边的时候，知道了于松太太的难堪处境，就在他自己结婚之前，设法把她安插到皇太后身边当一等女侍。虽然有了这个有权有势的靠山,克拉帕尔却没有升过一次级,他的庸碌无能一眼就给人看穿了。一八一五年皇帝倒台,这位督政府时代引人注目的阿斯帕西①也跟着没落了。她没有别的收入,只是巴黎市政厅看在德·赛里齐伯爵的分上,给了克拉帕尔一千二百法郎年俸。莫罗是这个女人唯一的靠山,当年他曾见过她有百万家产,现在他却不得不为奥斯卡·于松在亨利四世中学弄一笔巴黎市政厅的半官费,还得时时托皮埃罗坦去樱桃园街,送上一切不会引起流言蜚语的东西,去接济一个处境困难的家庭。

奥斯卡是他母亲的唯一希望,是她的命根子。要说这个可怜的女人有什么缺点的话,那就是对她的孩子溺爱得过了头。这孩子却是他继父的眼中钉。奥斯卡不幸生来有几分愚蠢,这一点虽经克拉帕尔多次点破,做母亲的总是不太相信。这种愚蠢,或者不如说得更确切一点,这种自负,使总管也感到非常担心,他曾经请克拉帕尔太太把这个年轻人送到他那里去住个把月,好研究和摸索一下他到底干什么行当合适;其实,总管打算有朝一日能把奥斯卡推荐给伯爵,来接替自己的职务。不过,凡事不管好歹,总有一个来龙去脉,因此,指出奥斯卡愚蠢而自负的根源,也许不会是多余的。应该记得,他是在皇太后宫中长大的。在他幼年时代,皇家的荣华富贵已经使他眼花缭乱。他正在塑造中的心灵自然会保存这些灿烂景象的痕迹,留下黄金时代的欢乐印象,并且希望重享这种乐趣。中学生本来就喜欢吹牛夸口,大家都想抬高自己,压低别

---

① 阿斯帕西,古希腊名妓,雅典民主派政治家伯里克利的情妇,以聪明、美貌著称。

人,这种炫耀的天性又有幼年时代的回忆作基础,就更发展得漫无止境了。说不定他母亲在家里谈起自己当年是督政府时代的巴黎名媛时,言下也不免有点得意扬扬,忘乎所以。最后,奥斯卡刚念完中学,在校时,交得起学费的阔学生对体力不如他们的公费生毫不客气,动不动就横加侮辱,奥斯卡也得有一手对付他们的办法。至于他的母亲,旧时代殒灭了的荣华富贵,一去不复返的青春美貌,忍受苦难的慈善心肠,对儿子的殷切期望,做母亲的盲目溺爱和承担苦痛的英勇精神,都混杂在一起,构成了一个崇高的形象,自然会引起好管闲事的巴黎人瞩目。

皮埃罗坦猜不到莫罗对这个女人的深厚感情,也看不出这个女人对她在一七九七年曾经保护过、后来成了她唯一朋友的莫罗的感情,所以不肯把他猜测到的莫罗所面临的危险,过早地泄露给她。仆人那句厉害的话:"我们照顾自己还忙不过来呢!"还有服从长官的观念,又回到了马车夫的心头。何况这时皮埃罗坦感到心里千头万绪,正如一千法郎里有好多个五法郎的钱币一样。一次七法里的旅行,在这个可怜的母亲心目中,当然是一次长途跋涉,因为在她娴雅的一生中,是很少走出城关一步的。皮埃罗坦不断重复说:"好吧,太太!——是的,太太!"这也足以说明马车夫是多么想摆脱这些显然啰唆而又无益的叮嘱了。

"请您把包袱放好,万一变天的话,也不至于淋湿。"

"我有防雨布哩,"皮埃罗坦说,"再说,太太,您瞧,我们装行李是多么小心啊。"

"奥斯卡,不要在那里待半个月以上,不管人家怎样恳切地留你,"克拉帕尔太太又回过头来对儿子说,"不管你做什么事,你都不会讨莫罗太太喜欢的;再说,你到九月底也该回来了。要知道,我们还得到美城区你姑父卡陶那儿去呢。"

"是的,妈妈。"

"最要紧的是,"她低声对他说,"千万不要提什么仆人不仆人……时刻都要想到莫罗太太当过女仆……"

"是的,妈妈。"

奥斯卡像所有特别爱面子的青年人一样,看见自己在银狮旅馆门口这样听教训,显得很不耐烦。

"好吧,再见,妈妈;我们要走了,马已经套好了。"

这位母亲忘记了她是在圣德尼城关的大街上,居然搂住奥斯卡就亲吻,并且从提篮里拿出一块好看的小面包来,对他说道:

"咳,你几乎忘了你的小面包和巧克力啦!孩子,我再对你说一遍,千万不要在路上的饭店里吃东西,那里随便什么都卖得比外面贵十倍。"

奥斯卡看见母亲把小面包和巧克力塞进他的衣袋,真恨不得能离她远远的。但是这个情景却偏偏给两个年轻人看在眼里,他们比这个中学毕业生大几岁,衣服也穿得讲究些,又没有母亲来送行。他们的举动、打扮、派头,都说明他们已经自立了,这正是一个还受母亲管束的孩子求之不得的。在奥斯卡看来,这两个年轻人简直是身在天堂。

"乳臭未干的孩子在叫妈妈呢!"两个陌生的年轻人当中的一个笑着说。

这句话传到奥斯卡的耳朵里,使他打定主意,非常不耐烦地嚷了一声:"再见,母亲!"

应该承认,克拉帕尔太太说话的声音太高了一点,仿佛要让过路的人都知道她多么疼爱儿子似的。

"你怎么啦,奥斯卡?"这个可怜的母亲有点伤心地问道,"你这是什么意思?"她显出严厉的神色说,以为自己能够(这是所有惯坏了孩子的母亲的通病)叫儿子不得不敬重她,"你听我说,奥斯卡,"她立刻又换成温和的声调说,"你喜欢随便说话,不管你知道的也好,不知道的也好,你都喜欢乱说,这是年轻人愚蠢的自负;我要对你再说一遍,记住祸从口出,不要随便开口。你还没有见过世面,我的好宝贝,哪里能识别你碰到的那些人,因此,千万不要在公共马车上瞎说一通,那会出乱子的。再说,在公共马车上,有教养的人是不随便乱说话的。"

那两个年轻人大约已经走到了旅馆尽里头,转过身来,旅馆大门下面又响起他们穿着马靴走路的声音;他们可能听见了母亲对儿子的训诫;因此,奥斯卡感到面子攸关,不能不甩掉他的母亲,他急中生智,想出一个大胆的办法。

"妈妈,"他说,"你站在这里两面都有风,当心你会受凉发烧的;再说,我也要上车了。"

孩子的话打动了母亲的心,她又搂住他亲吻,仿佛他要出远门一样,并且一直把他送上马车,眼睛里还含着泪水。

"不要忘了给仆人五个法郎的赏钱,"她说,"这半个月至少要给我写三封信!要规规矩矩,记住我的嘱咐。你带的衣服够换洗的了,用不着给人家洗。总而言之,要记住莫罗先生的好心好意,要像对待父亲一样听他的话,他叫你做什么就做什么……"

奥斯卡上车的时候,因为裤脚忽然往上一提,露出了他的蓝色长袜,又因为长上衣的下摆掀开了,露出了他裤子上的新补丁。这些小户人家不体面的迹象,一点也逃不过那两个年轻人的眼睛,他们相视一笑,这对奥斯卡的自尊心又造成一道新的伤痕。

"奥斯卡订的是一号座位。"母亲对皮埃罗坦说道,"坐到尽里头去吧。"她接着又对奥斯卡说,眼睛温柔地望着他,脸上露出慈爱的笑容。

啊!奥斯卡多么惋惜:苦难和忧伤使他的母亲不再像从前那么美丽,贫穷和克己又使她穿不起好衣裳!那两个年轻人里面有一个穿着带马刺的长筒靴,他用胳膊肘捅了捅另外那个年轻人,要他看奥斯卡的母亲,另外那个撩了撩嘴唇上边的小胡子,意思好像是说:"身段还不错!"

"怎样才能甩掉我的母亲呢?"奥斯卡心里在嘀咕,脸上也露出着急的神气。

"你怎么啦?"克拉帕尔太太问他。

奥斯卡假装没有听见,这个没有良心的小畜生!不过在这种情况下,克拉帕尔太太也未免太不知趣,但是,感情太专一就不会为别人着想了!

"乔治,你喜欢同小孩子一道旅行吗?"一个年轻人问他的朋友。

"喜欢的,如果他们都断了奶,如果他们都叫奥斯卡,如果他们都带了巧克力糖的话,我亲爱的亚摩里。"

这几句话说得不高不低,让奥斯卡爱听就听,不爱听也行;不过奥斯卡的举止却让乔治看出,一路之上,他可以拿这个孩子开玩笑开到什么程度。奥斯卡真愿没有听见。他东张西望,看看像梦魇一样压在他心上的母亲是不是还在那儿。他晓得她太疼他了,不肯这么干脆离开他的。他不由自主地把他旅伴的穿着和他自己的作了比较,并且感到多半是他母亲的打扮成了那两个年轻人的笑柄。

"要是他们能够走开就好了,这两个家伙!"他心里想。

可惜!亚摩里只用手杖轻轻敲了一下马车的轮子,对乔治说:

"你信得过这老马破车吗?"

"有什么法子呢!"乔治无可奈何地说。

奥斯卡叹了一口气,看到乔治骑士派头十足,歪戴着帽子,有意露出一头漂亮的金色鬈发,而他自己的黑发却按照继父的意思,推成士兵式的平头。这个爱虚荣的孩子长着圆鼓鼓的脸颊,脸色非常健康;而他旅伴的面孔却俊秀、瘦长,色泽苍白,不过天庭倒还饱满,一件仿开司米的毛背心紧紧裹住他的胸脯。奥斯卡一方面羡慕他深灰色的紧身裤,带有胸饰的掐腰上衣,同时也觉得这个传奇式的陌生人似乎生来高人一等,所以盛气凌人,就像一个丑媳妇见到美人儿,总会怪她锋芒外露一样。他长筒靴的铁后跟走起路来太响,仿佛一直钻进奥斯卡的心里。总而言之,奥斯卡穿着也许是他家里做的、用他继父的旧衣服改成的服装,感到局促不安的程度,正和那个令人倾倒的青年穿着合身的衣服,感到自由自在的程度不相上下。

"这小子钱包里至少也该有十来个法郎吧。"奥斯卡心里想。

那年轻人转过身来。奥斯卡一眼看见他颈脖上挂着一条金链子,链子那头当然是一只金表了,于是在奥斯卡眼中,这陌生人成了个了不起的人物。

从一八一五年起,奥斯卡就生活在樱桃园街。每逢节假日，总由他继父到学校去接他，再把他送回去。从他进入青年时代以来，除了他母亲这个穷困的家庭之外，他没有见过别的地方可以进行比较。按照莫罗的意见，他受着严格的管教，不常看戏，最多也只能去昂必居喜剧院。到了剧场，一个孩子除了看戏之外，即使他能分心看看剧场，也看不到什么高雅的格调。他的继父按照帝国时代的风习，还把挂表放在裤腰间的表袋里，让一根粗粗的金链子挂在肚皮上，表链的另一头系着一束稀奇古怪的小玩意儿，几个印章，一把圆形的扁头钥匙，钥匙头上镶嵌着一幅风景画。奥斯卡一直把这件过时的装饰品当作好得不能再好的东西。这时，看见人家漫不经心地摆出一副这样高雅的派头，他就不禁头晕目眩了。那年轻人故意摆弄他的精工细制的手套，而且似乎想叫奥斯卡眼花缭乱，又潇洒地挥舞起一根雅致的金柄手杖。奥斯卡已经到了青春时期的最后阶段，到了这个年龄，看来微不足道的小事，都能使他喜不自胜，或者悲不可言；他宁愿咬紧牙关吃苦，也不愿衣服穿得惹人笑话；他爱面子，并不是想在生活中干出一番事业，而是要在琐事上，在穿着上出出风头，装作大人。于是他就爱说大话，越是鸡毛蒜皮般的小事，越要吹得天花乱坠；不过，人们虽然妒忌一个衣冠楚楚的草包，却也会羡慕有才能的人，崇拜天才。这些缺点如果根源不是在心灵里，那只可以归咎于血气方刚，头脑发热。一个十九岁的孩子，而且是独生子，继父又是一年只赚一千二百法郎的穷职员，管他管得挺严，母亲却爱他如命，为他不惜吃苦受罪。一个这样的孩子，看到一个二十二岁的阔绰青年，怎能不佩服得五体投地？怎能不羡慕他波兰式的、有绣花绲边和绸缎里子的长上衣，仿开司米的毛背心，还有那用一个趣味低劣的圆环扣在胸前的领带?社会上哪个阶层的人没有这种眼睛朝上看的小毛病?就是天生的圣人也得服从这种天性。日内瓦的天才卢梭不也羡慕过旺图尔和巴克勒①吗?不过奥斯卡的小毛病却发展成了大错误,他感到自己丢了脸,他怨恨他同路的伙伴,并且心里暗暗起了一个念头,他也要向他的旅伴露一手,表明他并不低人一等。

那两个漂亮小伙子老是走来走去,从大门口走到马房,又从马房走到大门口,一直走到街上;他们转回头的时候,老是瞧着缩在车子角落里的奥斯卡。奥斯卡相信他们的讪笑和自己有关,就装出满不在乎的样子。他开始哼起一支自由派喜欢唱的流行歌曲结尾的叠句:"这点要怪伏尔泰,那点却要怪卢梭。"②他想这样大约会使人家把他当作一个诉讼代理人的小帮办。

"咳,他说不定是歌剧院合唱队的。"亚摩里说。

可怜的奥斯卡气得跳了起来,拿起那条做座位靠背的横档对皮埃罗坦说:

"我们到底什么时候才开车呀?"

"马上就开。"马车夫回答,他手里拿着马鞭,眼睛却瞧着昂吉安街。

这时场面更加热闹,因为又来了一个年轻人,带着一个真正的顽童,后面还跟着一个搬运夫,用一根皮带拖着一辆小

---

① 旺图尔是卢梭爱慕的音乐师;巴克勒是卢梭十九岁时形影不离的旅伴。见卢梭《忏悔录》第三卷第一章。
② 当时教会反对伏尔泰和卢梭,把社会上与他们毫不相干的过错,都推到他们身上,于是自由派就编了一些讽刺歌曲,如:"隆泰尔出了个丑八怪,这点要怪伏尔泰;帕莱佐出了个蠢家伙,那点却要怪卢梭。"

车。这个年轻人悄声地对皮埃罗坦说了几句话,皮埃罗坦点点头,就把他车行的搬运夫叫来。搬运夫跑来帮着把小车上的行李卸下,小车上除了两口大箱子之外,还有几个木桶,几把大刷子,几个奇形怪状的大箱子,数不清的大包小包,以及其他用具。两个新来的旅客中,更年轻的那个一下就爬上了马车的顶层,眼明手快地把这些用具搬上去摆好。可怜的奥斯卡这时正笑眯眯地瞧着站岗似的在街道对面为他送行的母亲,竟没有分心来看一看这些用品,要不然,它们会泄露天机,说明这两个新旅伴是干哪个行当的。那个顽童大约十六岁,穿一件灰色罩衫,腰间扎一根漆皮带。他的鸭舌帽与众不同地歪戴在头上,露出一头乱蓬蓬的、非常别致地一直披到肩头的黑色鬈发,显示了他开朗的性格。他那黑色的闪光缎领带在他洁白的脖子上划出一道黑线,使他灰色的眼睛显得特别灵活。他那涨红了的、富有生气的褐色脸孔,他那相当厚的嘴唇,招风的耳朵,翘起的鼻子,几乎脸上的每一个细微表情都显示了费加罗的讽刺精神和年轻人的无忧无虑;同样,他那活泼的姿态,含讥带讽的眼神,说明他从小就得干活谋生,智力已有相当的发展。这个孩子仿佛已经有自己的是非观念,艺术或者职业已经使他成熟,根本不把衣着问题放在心上。他瞧着他没有擦亮的皮靴,显得漠不关心,又在他的粗布裤子上寻找污点,但与其说是要把污点擦掉,不如说是要看看它的效果。

"我身上的色调很美呀!"他抖抖身上的尘土,对他的同伴说。

他同伴的眼神流露出师傅对徒弟的尊严,稍有阅历的眼睛都可以看出:这孩子是个快活的学画的艺徒,用画室里的话来说，他是一个小画匠。

"放规矩点，弥斯蒂格里①！"师傅用绰号叫他，这个绰号当然是画室里的伙伴给他安上的。

他的师傅是个身材瘦削、脸色苍白的年轻人，一头浓密的黑发乱得出奇；不过这一头乱发对于他的大脑袋，倒是个不可缺少的衬托，他宽阔的脑门也显示了早熟的智慧。他那五官不端正的面孔太奇特，不能说是难看，但是凹了下去，仿佛这古怪的年轻人得了慢性病，或者穷得缺乏营养——这也是一种可怕的慢性病；再不然，就是他近来有什么难以忘却的伤心事。他的衣着和弥斯蒂格里的差不多，只是大小不同。他穿一件蹩脚的、美洲绿的旧上衣，不过洗刷得还算干净。一件黑背心和上衣一样，纽扣一直扣到颈下，只稍微露出一点围着脖子的红绸巾。一条和上衣一样旧的黑裤子，松松地绕着他的瘦腿，飘飘荡荡。最后还有一双沾满污泥的靴子，说明他是走了远路来的。这个艺术家敏锐地打量了一下银狮旅馆的内部，它的马房，各式各样的窗口，还有其他细微的部分。他瞧瞧弥斯蒂格里，他的学徒也学他的样子，讥讽地瞧了旅馆一眼。

"真美！"弥斯蒂格里说。

"是的，真美。"他的师傅跟着说。

"我们还是来得太早了，"弥斯蒂格里说，"能不能去随便找点东西吃吃？我的肚子也和大自然一样，它最不乐意空着。"

"我们能去喝杯咖啡吗？"他的师傅语气柔和地问皮埃

---

① "弥斯蒂格里"的意思是"小灰猫"。

罗坦。

"不要去太久了。"皮埃罗坦说。

"好!我们可以去个一刻钟。"弥斯蒂格里说,他就这样不知不觉地流露出巴黎画室里的小徒弟生来善于察言观色的本领。

这两个旅客走了。那时,旅馆厨房里的钟敲了九点。乔治觉得可以理直气壮地质问皮埃罗坦了。

"咳!伙计,人家降格来坐你这样的破轱辘车,"他用手杖敲敲车轮子说,"你至少也得按时开车才像个样子呀。真见鬼!坐这种车子可不是开心的事。要不是有非常紧急的事情,坐你这样的车子谁不害怕摔断自己的骨头呢!再说,你耽误了我们这么多时间,你这匹叫作红脸的瘦马怎么也捞不回来啊!"

"趁这两位旅客去喝咖啡的时候,我再给你们套上小鹿好了。"皮埃罗坦答复说。"去吧,你,"他对搬运夫说,"你去看看莱杰老爹是不是坐我的车走……"

"这个莱杰老爹在哪里呀?"乔治问道。

"就在对面,五十号门牌,他没有买到丽山的车票。"皮埃罗坦对搬运夫说,却不回答乔治,就找小鹿去了。

乔治和他的朋友握手告别之后,就上了马车。他摆出一副要人的架势,把一个大公事包放在坐垫底下。他坐在奥斯卡对面的角落里。

"这个莱杰老爹真麻烦。"他说。

"他总不能霸占我们的位子啊,我的位子是一号。"奥斯卡回嘴说。

"我是二号。"乔治接着说。

皮埃罗坦牵着小鹿出来的时候,搬运夫也拖着一个至少有一百二十公斤重的大胖子来了。莱杰老爹是个大肚子、宽背脊的农夫,头发上扑了粉,身穿蓝帆布上衣。他的白色护腿套一直套到膝盖,把用银扣子扣紧的条纹绒裤也套在里面。他的打着铁钉的皮鞋每只至少有两斤①重。最后,他手里还拿着一根带红色的、发亮的粗柄硬木棍子,棍子是用一根小皮带套在手腕上的。

"您就是莱杰老爹吗②?"这农夫正要把一只脚踩上踏板的时候,乔治一本正经地问道。

"不敢当,您有什么吩咐?"农夫说,同时仰起那张很像路易十八的脸孔。在他胖乎乎的红光满面的两颊中间,耸起一个大鼻子,这个鼻子随便长在另外哪张脸上,都会显得太大。他笑眯眯的眼睛,给周围的肉团子挤成了一条线。

"喂,帮帮忙吧,伙计。"他对皮埃罗坦说。

马车夫和搬运夫好不容易才把这个农夫抬上车,乔治还在旁边打气:"加把劲呀!啊嘿!抬呀!"

"啊!我的路程不远,到了'地窖'③,我就不再往前走了。"农夫用玩笑来回答别人的玩笑。

在法国,大家都懂得开玩笑。

"坐里边去吧,"皮埃罗坦说,"里边一共要坐六位。"

"你还有一匹马呢?"乔治问道,"难道它也和驿车的第三匹马一样是不存在的吗?"

"瞧,少老板,"皮埃罗坦用手指着一匹不用人牵就自己

---

① 法国古斤,按巴黎的标准,每斤相当于今 490 克。
② 法语"莱杰"(Léger)是身轻如燕的意思,乔治故意来取笑他。
③ "地窖"本是马车要经过的一站名,法语又作"墓穴"解,此处语意双关。

走过来的小牝马说。

"他竟把这样一只小虫也叫作马。"乔治惊讶地说。

"咳!这匹小马可不错啊,"农夫坐下之后说,"先生们,我向各位问好啦。——可以开车了吧,皮埃罗坦?"

"还有两个旅客喝咖啡去了。"马车夫答道。

这时,那个脸颊凹下去的年轻人和他的小徒弟也来了。

"开车吧!"这是大家一致的呼声。

"马上就走。"皮埃罗坦回答。"喂,开车吧。"他对搬运夫说,搬运夫于是把挡住车轮的石头搬开。

马车夫拿起红脸的缰绳,喉咙里发出"起!起!"的喊声,叫这两匹牲口使劲。虽然看得出来牲口反应迟钝,但总算拉动了车子,皮埃罗坦却又把马车停在银狮旅馆门前。做完这个纯粹是预备性的动作之后,他又瞧瞧昂吉安街,然后把马车交给搬运夫,自己却走开了。

"喂,你的老板是不是老犯这类毛病?"弥斯蒂格里问搬运夫道。

"他到马房里拿饲料去了。"奥弗涅人回答,他已经学得很世故,会用各式各样的花招来搪塞敷衍等得不耐烦的旅客。

"总之,"弥斯蒂格里说,"时间是个伟大的老西(师)。"

当时,画室里把成语格言改头换面的风气非常流行。人们窜改一两个字母,或者换上个把形似或者音近的字,使格言的意思变得古怪或者可笑,便感到十分得意。

"建设巴黎非一席(夕)之功啊!"他的师傅说。

皮埃罗坦领着德·赛里齐伯爵从棋盘街回来了,当然,他们已经谈了好几分钟。

"莱杰老爹,请您和伯爵先生换个座位好不好?那样,我的车子可以走得稳些。"

"要是你这样折腾下去的话,我们再过一个钟头也走不了。"乔治说,"要换位子,又要拆掉这根该死的横木,而我们刚才好不容易才把它装上去。为了一个后到的人,却要大家都下车。还是登记哪个位子就坐哪个位子吧;这位先生的位子是几号?喂,点点名吧!你有没有一张旅客名单?你有登记簿吗?这位百角①先生的位子在哪儿?是什么地方的伯爵呀?"

"伯爵先生……"皮埃罗坦显得很为难地说,"您要坐得很不舒服了。"

"难道你不会算账吗?"弥斯蒂格里问道,"账目清,一身轻嘛!"②

"弥斯蒂格里,放规矩点!"他的师傅板着脸说。

德·赛里齐伯爵显然是被旅客们当作一个名叫百角的阔佬了。

"不用麻烦别人,"伯爵对皮埃罗坦说,"我就坐车子前头您旁边那个位子好了。"

"喂,弥斯蒂格里,"师傅对徒弟说,"要尊敬老人,你不知道自己将来也会老得怕人吗?行万里路,省得读万卷书嘛!③把你的位子让给这位先生吧。"

弥斯蒂格里打开马车的前门,像青蛙跳水一样迅速敏捷地跳了下去。

"您可不能当兔子呀,老先生。"他对德·赛里齐先生说。

---

① "百角"为"伯爵"之误。
② 法语"伯爵"与"账目"同音。原来的格言是"账目清,朋友亲"。
③ 从格言"旅行使青年增长见识"变化而来。

"弥斯蒂格里,助人为快乐之本①。"他的师傅回嘴说。

"谢谢你,先生。"伯爵对弥斯蒂格里的师傅说,随即在他身边坐下。

这位政治家向车子里扫了一眼,他锐利的目光使奥斯卡和乔治非常反感。

"我们已经耽误了一个钟头零一刻。"奥斯卡说。

"谁要在车子里当家做主,就该把所有的位子都包下来。"乔治提醒大家说。

德·赛里齐伯爵断定没有人认识他,就对这些风言风语一概不理,并且装出一个浑厚阔佬的样子。

"你们要是到晚了,让人家等等你们,不是也很开心吗?"农夫对两个年轻人说。

皮埃罗坦拿着马鞭,朝圣德尼门望望,他还在犹豫要不要爬到弥斯蒂格里坐得直摇晃的那条硬板凳上去。

"如果您还等人的话,"伯爵说道,"那我就不是来得最晚的了。"

"说得有理,我也同意。"弥斯蒂格里说。

乔治和奥斯卡放肆地笑了起来。

"这老头子并不凶。"乔治赏脸对奥斯卡说了一句,使他受宠若惊。

皮埃罗坦坐上驾驶座右边的位子,还扭转身子向后瞧瞧,但在人丛中找不到为了满座他所需要的两个旅客。

"说真的!再加两个旅客,也没有什么不合适的。"

"我还没有付车钱呢,那让我下车吧!"乔治吓得赶快说。

---

① 从成语"狗是人类的朋友"变化而来。

"你还等什么呀,皮埃罗坦?"莱杰老爹说。

皮埃罗坦吆喝一声,小鹿和红脸都听得出来,这一回是真的要走了,就加了一把劲,赶快向城郊的斜坡冲了上去,但没走几步,步子又放慢了。

伯爵脸色通红,红得像火,在他的满头白发衬托之下,有些地方红得格外鲜明。只有年轻人才看不出,这种脸色是工作繁重引起的充血现象。这些火红的粉刺有损于伯爵的尊容,若不细心观察,就不会从他碧蓝的眼睛里看出司法官的精明老练,政治家的高深莫测,立法委员的渊博学识。他面部扁平,鼻子仿佛塌陷下去了。一顶帽子遮住了他优雅俊美的额头。最后,他银白色的头发和那又粗又浓、依然乌黑的眉毛显得很不协调,无怪乎这班不懂事的年轻人看了觉得好笑。伯爵穿一件蓝色的长上衣,纽扣像军服似的一直扣到颈下,脖子上围一条白领巾,耳朵里塞了棉花,衬衫领子相当大,两边的脸颊各衬上一块方方的白领。他的黑色长裤罩住了靴子,只露出一点靴尖。他翻领上的扣襻没有戴什么勋章;一副麂皮手套把手也遮住了。当然,年轻人一点也看不出此人是法兰西的贵族议员,是一个对国家最起作用的人物。莱杰老爹从来没有见过伯爵,伯爵对莱杰也只闻名而未谋面。伯爵上车时敏锐地瞧了一眼,使奥斯卡和乔治都起了反感,其实,他只是在找他公证人的帮办,万一帮办也像他自己一样,不得不坐皮埃罗坦的马车,那他就要帮办守口如瓶;但是看见奥斯卡和莱杰老爹的举止,尤其是看到乔治那种军人气派,看到他嘴唇上的小胡子和与众不同的骑士作风,伯爵放心了。他想,他的字条大约已经及时送到公证人亚历山大·克罗塔手里了。

"莱杰老爹,"皮埃罗坦到了圣德尼城郊陡峭的斜坡那儿,就要走上精忠街的时候说道,"下车好吗?嗯!"

"我也下车,"伯爵听见这个名字就说,"太重了怕马拉不动。"

"啊!要是这样走下去的话,十五天也走不了十四法里!"乔治嚷起来。

"这能怪我吗?"皮埃罗坦说,"有旅客要下车呀!"

"给你十个金路易,只要你别把我的秘密说出去。"伯爵拉住皮埃罗坦的胳膊,悄悄地说。

"我欠的一千法郎有着落了,"皮埃罗坦心里想,同时对德·赛里齐先生挤挤眼,意思是说,"包在我身上!"

奥斯卡和乔治待在车上没有下来。

"听着,皮埃罗坦,既然天底下有皮埃罗坦这个人,"乔治叫道,那时马车已经上坡,旅客也都各归原位,"要是你不想走得比现在快些,那就打开窗子说亮话吧!我会给你车钱,到了圣德尼就骑马去,因为我有急事在身,到晚了就要耽误。"

"啊!他会叫车走快些的,"莱杰老爹回答说,"现在路不宽呀。"

"我从来没有迟到过半个钟头以上。"皮埃罗坦也回嘴说。

"车上毕竟没有坐个教皇呀,对不对?"乔治又说,"还是快点走吧!"

"你不该只照顾一个人,要是你怕这位先生受颠簸才不赶快的话,"弥斯蒂格里指着伯爵说,"那就不太好了。"

"公共马车的旅客不分什么高低贵贱,就像在宪法面前人人平等一样。"乔治说道。

"放心吧,"莱杰老爹说,"不消到中午时分,我们就可以到小圣堂了。"

小圣堂是个紧挨着圣德尼关卡的村子。

凡是出过门的人都知道,偶然凑合在一辆车上的人是不会马上交谈的;除非是极罕见的情况,总要走了一段路以后,才会聊起天来。在这段相对无言的时间里,大家不是互相打量,就是安顿自己。心灵也像肉体一样,需要有点时间才能安定下来。等到每个人都认为自己已经猜出了同车人的真实年龄、职业、性格,那时,最爱说话的人就打开话匣子了。旅途越是无聊,大家越发需要消愁解闷,谈话就越起劲。在法国坐马车就是这样。在别的国家,风俗习惯却大不相同。英国人以为咬紧牙关、一言不发,可以抬高身价;德国人坐车总是闷闷不乐;意大利人谨小慎微,不会轻易开口;西班牙人还不大看见公共马车;而俄国人则没有公路。因此,只是在法国笨重的客车里才有说有笑。在这个喜欢唠叨、无话不说的国家里,卖弄聪明、寻开心,谁都不甘落后。因此,玩笑开得有声有色,死的可以说成活的,不管是下层社会的苦难,还是大老板发的横财,都可以拿来开玩笑。加上警察也管不住人的舌头,议会更使得辩论蔚然成风。一个二十二岁的年轻人,就像顶着乔治这个名字的年轻人,有点小才气,尤其是在目前这种情况之下,特别会滥用自己的一点小聪明。首先,乔治自命不凡,马上就自封为高人一等的人物。他把伯爵当作磨刀师傅,二流的手工厂厂主;把弥斯蒂格里那个衣衫褴褛的伙伴看成丑角演员;奥斯卡是个小傻瓜,而大肚皮的农夫则是个最容易上当的乡巴佬。这样揣摩一番之后,他就打定主意,要拿同车的人来开心了。

"我想想看,"皮埃罗坦的马车从小圣堂下坡,冲向圣德尼平原的时候,乔治心里盘算,"我到底是冒充艾蒂安①,还是冒充贝朗瑞②为好呢?……不行,这些草包既不会知道艾蒂安,也不会知道贝朗瑞。冒充烧炭党③怎么样?……见鬼!说不定他们会把我抓起来送官府的。假如我说我是奈伊元帅④的儿子?……算了吧!这有什么牛皮好吹呢?吹我的父亲被判处死刑吗?那有什么好笑呢?假如说我是从避难营⑤回来的?……说不定他们会以为我是来刺探消息的,反而要对我严加提防。冒充一个化名的俄国王子吧,那可以向他们大吹一通沙皇亚历山大⑥的宫廷秘史……还不如假装是哲学教授库赞……啊!那我可以哄得他们晕头转向!不行,那个头发乱蓬蓬的穷小子看起来倒像在巴黎大学混过些日子。要是早想到要吓唬吓唬他们,那办法就多了。我模仿英国人简直可以以假乱真,怎么没想到冒充隐姓埋名、微服旅行的拜伦爵士呢?……该死!我错过机会了。冒充一个杀人魔王的儿子怎么样?……这倒是一个大胆的好主意,可以在酒席桌上骗到一个座位……啊!有了,我就说我带过兵,是约阿尼纳总督阿里⑦手下的人!"

在他心里这样盘算的时候,马车已经走上了尘土飞扬、人

---

① 艾蒂安(1777—1845),法国政论家。
② 贝朗瑞(1780—1857),法国著名的歌谣作家。
③ 烧炭党,十九世纪意大利的革命党。
④ 奈伊元帅,拿破仑部下的勇将,波旁王朝第一次复辟时,当了贵族院议员,百日王朝时又投向拿破仑,第二次王政复辟时期被判处死刑。
⑤ 避难营,波旁王朝复辟之后,拿破仑派和自由派都逃往国外,在墨西哥避难。
⑥ 指亚历山大一世(1777—1825)。
⑦ 阿里(1741—1822),土耳其占领希腊时的总督,还占领过阿尔巴尼亚,是杀人如麻的混世魔王。

来马往的交通大道。

"好大的尘土!"弥斯蒂格里说。

"亨利四世①死了,还用得着你来报丧?"他的伙伴马上回嘴说,"如果你说尘土闻起来有香草味,那倒算是个新鲜见解。"

"你以为这好笑吗?"弥斯蒂格里回答,"唉,的确,有时候,尘土真会叫人想起香草。"

"在东方……"乔治要开始吹牛皮了。

"在东风②?"弥斯蒂格里的师傅打断乔治的话头说。

"我是说在东方,我刚从那边回来,"乔治接着说,"那里尘土的味道倒蛮好闻;不像这里,只有碰到一个这样的粪堆,尘土才有点味儿。"

"先生从东方来?"弥斯蒂格里带着不相信的口气问道。

"你看先生这么疲倦,所以他早就坐在西方③了。"他的师傅回答。

"您怎么没有给太阳晒黑呢?"弥斯蒂格里又问。

"啊!我病了三个月,前不久才起床。据医生说,病源是一种潜伏的瘟病。"

"您得过瘟病?"伯爵做出一个惊慌的样子叫道,"皮埃罗坦,停车!"

"走你的吧,皮埃罗坦。"弥斯蒂格里说。"人家分明说了这种瘟病是潜伏的,"他又对德·赛里齐先生说,"那就只是一种口里说说的瘟病。"

---

① 亨利四世(1553—1610),法国国王,他早已死了,这是人人皆知的事,因此这句话的意思是"老生常谈""废话连篇"。
② 此处东方指地中海东岸的国家,法文"东方"(Levent)和"风"字同音。
③ 此处西方(Ponant)与"屁股"的俗称是同一个字,一语双关。

053

"就像人家说的'发瘟'那样。"师傅也叫起来。

"或者像人家骂一声'该瘟死的有钱人'那样。"弥斯蒂格里接着说。

"弥斯蒂格里!"师傅喝道,"如果你胡言乱语、惹是生非的话,我就要把你赶下车去了。——这样说来,"他转过身来对乔治说,"先生去过东方?"

"是的,先生,先到埃及,后到希腊。在希腊,我在约阿尼纳总督阿里手下当兵,后来,我们两个闹翻了。——那里天气太热,谁也受不了。——天气一热,人就容易生气,这样,东方生活就使我肝火变旺了。"

"啊!您当过兵?"大肚子的农夫问道,"您多大岁数?"

"我二十九了。"乔治答道,这时,同车人的眼睛都盯着他,"十八岁的时候,我还只是一个无名小卒,就参加了赫赫有名的一八一三年战役;我只打了哈瑙①一仗,就升了上士。在国内再打了蒙特罗②一仗,我又升了少尉。我还受过勋呢……(车上没有密探吧?)是皇帝授的勋。"

"您受过勋,"奥斯卡说,"为什么不佩戴十字勋章呢?"

"这种十字勋章?……去它的吧。再说,哪个有身份的人旅行时会戴勋章呢? 就说这位先生吧,"他指着德·赛里齐伯爵说,"我敢用任何东西打赌……"

"用任何东西打赌,在法国,就是不用什么打赌的意思。"师傅对弥斯蒂格里说。

"我敢用任何东西打赌,"乔治装模作样地重复说,"这位

---

① 一八一三年,拿破仑在普鲁士的哈瑙大败奥军。
② 一八一四年,拿破仑在蒙特罗大败英普联军。

先生身上一定满是高级荣誉勋章①。"

"我得过，"德·赛里齐伯爵笑着回答，"荣誉勋位大十字勋章，俄国的圣安德烈勋章，普鲁士的黑鹰勋章，撒丁王国的最高骑士勋章，还有金羊毛勋章。"

"您实在太谦虚了！"弥斯蒂格里说，"得了这么多勋章，怎么还来坐公共马车呢？"

"啊！别看这老头儿土头土脑，他还有两手呢。"乔治对奥斯卡附耳说道。"嘻！我刚才讲到哪里了？"他又提高嗓门说道，"不瞒大家说，我是崇拜皇帝的……"

"我也为他效过劳。"伯爵说。

"多么了不起的人啊！你说是不是？"乔治叫着说。

"对他这个人，我真是感激不尽。"伯爵一副憨态，装得挺像。

"您那些勋章呢？……"弥斯蒂格里问道。

"他一天要吸多少烟啊！"德·赛里齐先生只顾说自己的。

"啊！他连口袋里都装满了烟。"乔治说。

"我也听说过。"莱杰老爹带着几分疑惑的神气说。

"咳，岂但如此，他不光吸烟，而且嚼烟叶。"乔治接着说，"我还见过他在滑铁卢抽烟呢，那样子真好笑，那时苏尔元帅②把他拦腰抱住，推他上车，他却抓了一支步枪，要向英国

---

① 当时"高级荣誉勋章"的俗称在原文中和"唾沫"是同一个字。
② 苏尔（1769—1851），即达尔马提亚公爵，拿破仑封的帝国元帅，一八一四年曾投靠路易十八。一八一五年百日王朝时又投向拿破仑。一八一六至一八一九年流亡国外，后被查理十世封为公爵和贵族院议员。七月王朝时期归附路易-菲力浦，曾任陆军大臣、外交大臣、议长等职。

人冲过去哩!……"

"您去过滑铁卢?"奥斯卡目瞪口呆地问道。

"是的,年轻人,我参加过一八一五年的大战。在圣约翰山①打仗时,我已经升上尉了,战败遣散的时候,我就退隐到卢瓦尔河畔。说实在的,在法国待腻味了,我再也待不下去。我要不走,早就给逮起来了。因此,我同两三个没有牵挂的伙伴一起离开法国,塞尔夫、贝松,还有别人,现在还在埃及,在穆罕默德总督手下当差。这个总督真是个古怪的家伙,你们看!他本来不过是卡瓦勒地方一名普通的烟草贩子,现在却要成为一国之君了。贺拉斯·凡尔奈②的图画《马穆鲁克③的大屠杀》里还画了他。多么威风啊!我呢,我可不愿背叛祖先的宗教,去改奉伊斯兰教,何况改宗还要动外科手术④呢!这种罪我可不想受。再说,谁瞧得起叛教的人呢?啊!要是他们一年给我十万法郎,倒也罢了,也许……还有?……而总督只赏了我一千塔拉里……"

"这合多少钱?"奥斯卡问道,他正听得出神。

"哦,没多少。一个塔拉里大约合一百个苏⑤。说真的,在这个天打雷劈的国家,如果这也算是一个国家的话,我赚到的钱,比起我养成的坏习惯,真是得不偿失。我现在一天不抽两袋水烟就没法活,这烟可是贵得很哪……"

"埃及到底是个怎么样的国家?"德·赛里齐先生问道。

---

① 即滑铁卢,一八一五年,英普联军在此打败拿破仑。
② 凡尔奈(1789—1863),法国画家,擅长战争、历史以及东方主义题材绘画。
③ 马穆鲁克,埃及骑兵,曾败在拿破仑手下。
④ 信奉伊斯兰教需行割礼。
⑤ 二十个苏等于一法郎。

"埃及嘛,那只是一片沙漠,"乔治面不改色地答道,"除了尼罗河流域,没有一点绿色。只消在一张黄纸上画一条绿线,那就是埃及。不过,这些埃及人,这些乡巴佬也有一点比我们强的,那就是他们没有警察。啊!哪怕你走遍全埃及,也找不到一个。"

"我想埃及人大概很多吧。"弥斯蒂格里说。

"恐怕没有你猜想的那么多,"乔治接着说,"更多的倒是阿比西尼亚①人,不信伊斯兰教的土耳其人,韦夏布人,到处流浪的贝督因人,信基督教的科普特人……总而言之,和这些畜生待在一起真没意思,所以我很高兴能够坐上一条热那亚的三桅船离开,虽然那条船要到伊奥尼亚群岛去为阿里·德·戴贝兰②运军火。你们知道,英国人把军火卖给所有的人,不管是土耳其人还是希腊人,甚至是魔鬼,只要魔鬼肯出钱,都能买到军火。这样,我们就从赞特岛逆风沿希腊海岸驶去。你们别小看我现在这个样子,在那一带地方,大家都知道我乔治的鼎鼎大名呢。我是那个赫赫有名的采尔尼-乔治③的孙子,我的祖父和土耳其打过仗,但不幸的是,他没有打败土耳其,却被土耳其打得大败,结果送掉了性命。他的儿子逃到法国驻士麦那④的领事家里避难,一七九二年回国后死在巴黎,遗下了怀有身孕的妻子。后来我母亲就生了我,我是她的第七个孩子。我们的金银财宝都给祖父的一个朋友拿走了,弄得我们倾家荡产。

---

① 阿比西尼亚,埃塞俄比亚的旧称。
② 指约阿尼纳总督阿里。
③ 采尔尼-乔治(1768—1817),塞尔维亚独立战争的领袖,他起义反抗土耳其人,于一八一七年被杀害。
④ 士麦那,土耳其城市,伊兹密尔的古称。

我母亲只好靠变卖首饰维持生活。一七九九年,她改嫁一个姓云的商人,那便是我的继父。我母亲一死,我就和继父闹翻了。不瞒诸位说,我继父真不是个好东西;他现在还活着,不过我们没再见过面。这个可恶的商人甚至不问我们是属狼还是属狗,就把我们七个孩子抛下不管了。因此,万般无奈,我只好在一八一三年当了兵……你们很难想象,这个老阿里·德·戴贝兰见了采尔尼-乔治的孙子是多么高兴。在这里,人家不拘礼节,随便管我叫乔治。但是在那边,总督却赏了我一个后宫……"

"您还有过一个后宫?"奥斯卡问道。

"难道您还做过旗帜上装饰着马尾的总督①?"弥斯蒂格里问道。

"你们怎么不知道,"乔治接着说,"只有苏丹能封总督,而我的朋友戴贝兰,虽然我和他就像和波旁王族一样熟,他却是反对大皇帝的!你们知道,也许你们并不知道,土耳其君主的真正称号是大皇帝,既不是国王,也不是苏丹。你们不要以为有一个后宫是什么了不起的事:那就和有一群母羊差不多。后宫的女人真笨,蒙巴那斯'茅庐'游乐场的小娘儿们,要比她们强一百倍。"

"这倒说得像那么回事。"德·赛里齐伯爵说。

"后宫的女人一句法文也不懂,而要互相了解必须语言相通。阿里给了我五个老婆,还有十个女奴。在约阿尼纳,这简直算不了什么。你们知道,在东方,有几个老婆并不算有气派,因为人人都有好几个,就像我们这里人人都有几本伏尔泰

---

① 当时土耳其总督旗帜上装饰的马尾越多,官就越大。

058

和卢梭的著作一样;不过谁打开过他的伏尔泰或卢梭的著作呢?谁也没有。有气派的人只讲究争风吃醋。根据他们的法律规定,对一个女人哪怕只有一星半点的猜疑,就可以把她缝在袋子里,扔到河里去。"

"您有没有扔过?"农夫问道。

"我吗,您说哪里话来,法国人怎么干得出这种事!何况我还爱过她们呢。"

说到这里,乔治又捻捻嘴唇上的胡子,使它翘了起来,并且装出若有所思的神气。到了圣德尼,皮埃罗坦把马车停在一家饭店门前,这家饭店的酪饼很出名,旅客们就都下车了。乔治吹起牛来有鼻子有眼,连伯爵也摸不透他的底细,好在皮埃罗坦说过,这个莫测高深的人物有一个公事包放在坐垫底下,所以伯爵下了车又赶快回到车上,果然看到公事包上烫有几个金字:"公证人克罗塔"。伯爵也不客气,立刻打开了公事包,谁敢担保莱杰老爹不会灵机一动,因为好奇,也干出同样的事来呢?伯爵把那张出卖穆利诺田产的文契拿出来,折好之后,放在上衣侧面的口袋里,又回到旅客们当中,察言观色。

"这个乔治原来是克罗塔的第二帮办。他的老板真会办事,怎么不派他的首席帮办来呢?"他心里想。

看见莱杰老爹和奥斯卡毕恭毕敬的样子,乔治明白他们对他一定佩服得五体投地了,当然就摆出大阔佬的架势,请他们吃了几张酪饼,喝了杯阿利坎特①酒,顺便也请了弥斯蒂格里和他的师傅,并且趁自己摆阔的时候,问了他们两个人的

---

① 阿利坎特在西班牙。

姓名。

"啊!先生,"弥斯蒂格里的师傅说,"我不像您那样出身于名门望族,也不是从亚洲回来的……"

这时,伯爵怕人猜到他的发现,已经赶快回到了饭店的大厨房,刚好听见弥斯蒂格里的师傅的后半句回答:

"……我只不过是一个穷画家,五年前政府派我公费出国,得到过罗马画展的大奖。我的名字叫施奈尔。"

"喂!老板,我请您喝杯阿利坎特酒,吃几张酪饼吧?"乔治对伯爵说。

"谢谢,"伯爵说,"我出门前喝过牛奶咖啡了。"

"您在正餐之前不吃一点零食吗,就像住在沼泽区、王家广场、圣路易岛的贵族人家一样?"乔治说道。"他刚才吹牛皮,谈勋章,我还以为他有两手呢。"他低声对画师说,"我们来戳穿他的勋章吧,他不过是个杂货店的小商人。——来吧,小家伙,"他转过身对奥斯卡说,"把老板这杯酒吸干了,喝了会长胡子的。"

奥斯卡有心要装大人,就喝光了第二杯,并且又吃了三张酪饼。

"好酒哇。"莱杰老爹说着,把舌头顶着上颚,发出啧啧的响声。

"这是贝西①窖藏的名酒,"乔治说,"当然格外好!我到阿利坎特去过,那个地方出产的酒,经过我们窖藏,立刻身价十倍。我们加工仿制的酒比当地卖的酒要好得多呢。——喂,皮埃罗坦,来一杯吧?咳!可惜你的马不能每一匹喝一

---

① 贝西在巴黎附近。

杯,它们加加油也许可以走得快些。"

"哦!那倒不必费心,我的马不喝酒就醉了。"皮埃罗坦指着小灰马①说道。

说了这样一句不足为奇的双关语,皮埃罗坦的形象在奥斯卡看来忽然显得高大了,简直成了一个天才。

旅客上车之后,皮埃罗坦挥了一个响鞭,大声对马喝道:

"上路!"

这时已经十一点钟,多云的天气开始转晴,高空的风驱散了流云,有些地方露出灿烂的蓝天。皮埃罗坦的马车离开圣德尼,冲上一条衣带似的小路,向皮埃菲特走去。这时,像透明的轻纱一般笼罩着郊区幽美景色的水蒸气,已经给太阳吸干了。

"那么,您为什么离开那位做总督的朋友呢?"莱杰老爹问乔治。

"他是个荒唐透顶的人物,"乔治答道,他的神气令人莫测高深,"你们想想看,他居然把骑兵交给我指挥!……那好。"

"啊!怪不得他靴子上有马刺。"可怜的奥斯卡心里想。

"当我在那边的时候,阿里·德·戴贝兰一定要搞掉柯斯留总督②,那也是一个古怪的家伙!你们这里管他叫科雷夫,土耳其人却管他叫科瑟勒。你们从前在报上也许读到过老阿里打败柯斯留的事吧,打得真狠。不过,要不是我,阿里·德·戴贝兰可能早就一败涂地了。那时我在右翼,看见

---

① 法文的"灰色"也可以当"半醉"讲。
② 柯斯留(1769?—1855),土耳其将军,后成为马赫穆德二世的首相。

老奸巨猾的柯斯留要突破我们的中军……啊呀呀！真凶,简直像是缪拉元帅①从天而降。好！我伺机而动,等到柯斯留的纵队突破中央之后,两侧没有掩护,我就挥师前进,发起猛攻,把他的纵队切成两段。结果怎样不用说了……啊！天哪,打完仗之后,阿里就拥抱我……"

"东方人也来这一套?"德·赛里齐伯爵听到话里出了漏洞,就带着挖苦的神气说。

"不错,先生,"画师说,"到处都一样。"

"我们把柯斯留打得倒退了三十法里……就像打猎一样,咳!"乔治接着说,"不过,土耳其骑兵到底还是好样的。阿里送了我不少弯刀,长枪,马刀!……你要多少,就给多少。班师回朝之后,这个喜欢开玩笑的人出了一个鬼主意,一点也不合我的口味。这些东方人真好笑,只要他们起了一个念头……你们想得到吗?阿里居然要我当他的宠臣,做他的继承人。我呢,我过够了这种生活;因为,说来说去,阿里·德·戴贝兰到底是背叛土耳其朝廷的头领,我还是早点离开他为妙。不过,说句天公地道的话,这位德·戴贝兰先生真够朋友,他送了我不少礼物:钻石,一万塔拉里,一千块金币,一个漂亮的希腊姑娘做侍女,一个小阿尔巴尼亚人做娈童,还有一匹阿拉伯骏马。哎,约阿尼纳的阿里总督真是个难以理解的人物,得有一个史官才说得清他的事。只有在东方才碰得到这种硬汉子,为了有朝一日能够报仇雪恨,他可以卧薪尝胆二十年。一眼看去,他白花花的胡子真是漂亮得无以复加,他的脸孔却又严酷无情……"

---

① 缪拉元帅(1767—1815),拿破仑手下的名将,以作战勇敢著称。

"可是,您那些财宝都干什么用了?"莱杰老爹问道。

"啊!问题就在这里。那地方不像法国,既没有国库券,又没有国家银行,因此,我只好带着我的金银财宝,上了一条希腊帆船,不料这条船落入了水师提督的罗网。别看我现在这样有说有笑,在士麦那,我几乎丢了性命。真的,要不是里维埃大使先生①碰巧在场,他们的确会把我当作阿里总督的同党处死的。我好不容易保全了脑袋,现在才能一五一十地对你们讲,但是那一万塔拉里,一千金币,还有那些刀枪,都给贪得无厌的水师提督没收了。更倒霉的是,那水师提督不是别人,正是柯斯留。那个莫名其妙的家伙吃了败仗之后,不知怎的又捞到了这个官职,而这个官却等于我们法国的海军元帅。"

"不过,您刚才不是说他带的是骑兵吗?"用心听故事的莱杰老爹插嘴说。

"啊!塞纳-瓦兹省的乡巴佬哪里懂得东方的事!"乔治嚷起来,"先生,土耳其人就是这样:你分明是一个农夫,皇帝却可以封你做元帅;要是你办事办得不合他的心意,那你就倒霉了,他会砍你的头!这就是他撤销官职的办法。一个园丁可以一步登天,升作县长,一个首相也可以削职为民。土耳其人既不管什么晋升条例,也没有什么等级观念!柯斯留本来是个骑兵,摇身一变却成了海军。马赫穆德皇帝派他到海上去捉拿阿里,他的确不辱使命,把他捉拿归案,不过还多亏英国人帮忙。英国人分起赃来可不客气,得了好大一份,这些无

---

① 里维埃公爵(1763—1828)于一八一六年被任命为法国驻君士坦丁堡大使。

赖！他们攫取了很多金银财宝。可是柯斯留没有忘记我在马上给他的教训，一眼就认出了我。你们可以想见，这一下我要完蛋了。啊！怎么转得过这个弯子来呢？幸亏我想起了我是个法国人，可以说是走江湖卖艺的，就请里维埃大使为我说情。大使先生喜欢出头露面，乐得为我讨个顺水人情。土耳其人的脾气就有这么一点好处，放你走也罢，砍你的头也罢，他们都不在乎。碰上法国领事也是一个好人，又和柯斯留有交情，居然还替我讨回了两千塔拉里；他的大名，我真是铭记在心……"

"他叫什么名字？"德·赛里齐先生问道。

乔治面无难色地说出了当时法国驻士麦那总领事的大名，反而使德·赛里齐先生的脸上露出了几分惊讶的神色。

"顺便说一句，土耳其皇帝命令柯斯留处决士麦那的城防司令，执行死刑的时候我也在场。我见过的怪事也不算少，不过没有一件比得上这桩事的，等吃午餐的时候再讲吧。我又从士麦那到西班牙，听说那里爆发了革命。啊！我立刻直接去见米纳①，他起用我做副官，并且授给我上校军衔。我于是去为保卫宪法而战斗，他们的宪政眼看就要垮台，因为我们法国人就要打进西班牙了。"

"您是法国的军官吗？"德·赛里齐伯爵严厉地责备他说，"您能相信听您说话的人都会为您保密？"

"可是，这里并没有密探呀！"乔治说。

"难道您没有想到，乔治上校，"伯爵说道，"目前，贵族院

---

① 米纳（1781—1836），西班牙将军，维护宪法，反对西班牙国王和法国侵略军。

正在审判一起谋反案？对于那些拿起武器反对法国的军人，那些里通外国，密谋推翻合法君主的军人，政府能不严办吗？……"

听到这个厉害的责备，画家不禁满脸通红，一直红到耳根，他瞧着弥斯蒂格里，他的学徒也发愣了。

"那么，"莱杰老爹问，"后来呢？"

"万一，比如说，我是一个法官，那我的责任，"伯爵回答说，"难道不是要皮埃菲特宪警队的警察来逮捕米纳的副官，并且要同车的旅客做证吗？……"

这一段话吓得乔治哑口无言，因为马车刚好来到宪警队门口，而宪警队的白旗，用文雅的话来说，正在迎风飘扬呢。

"您得过这么多勋章，不会干出这种有失身份的事来的。"奥斯卡说。

"我们再来一次左右夹攻。"乔治对奥斯卡咬着耳朵说。

"上校，"莱杰叫道，德·赛里齐伯爵话中带刺，使他感到气氛沉闷，他想换个话题，"您去过的那些国家里是怎样种地的？他们也用轮种法吗？"

"首先，您要知道，我的老好人，那些人只顾抽他们的烟，就顾不上肥他们的田①……"

伯爵听了这句双关话，忍不住微笑了一下。这样一来，吹牛的人又放心了。

"他们耕种的办法，你听了会觉得奇怪。他们根本就不耕种，这就是他们的耕作法。土耳其人、希腊人，这些家伙全吃葱头或是大米……他们摘罂粟制鸦片，赚的钱可多哩；再

---

① 法文的"抽烟"和"肥田"是同一个字。

说,烟叶自己会从地里长出来,这就成了有名的拉塔基亚烤烟!还有枣子!这一大堆甜甜的果子都不用耕种就会生长。真是一个物产丰富、商业繁荣的国家。士麦那盛产地毯,但是一点不贵。"

"不过,"莱杰说,"地毯是羊毛织的,羊毛只长在羊身上;而要养羊,就得有草地、农场、耕作……"

"当然应该有一些这一类东西,"乔治回答,"但是,首先,水稻长在水里;再说,我只走过沿海的地方,看到的只是遭到战争破坏的地区。何况,我对统计数字又是深恶痛绝的。"

"那么捐税呢?"莱杰老爹问。

"啊!捐税挺重。什么都抽重税,剩下的一点才留给老百姓。埃及总督看见这套办法大有好处,正要他的官府如法炮制呢,那时我就离开他了。"

"怎么?……"莱杰老爹听得莫名其妙,问道。

"怎么?……"乔治接着说,"有些收税的人拿走了农夫的谷子,只给他们剩下一点吃的。这样一来,就用不着糟蹋纸张,也不需要官老爷了,而这些在法国却泛滥成灾!……难道事情不是这样吗?……"

"他们凭什么这样干?"农夫问道。

"他们是个专制国家,这不就够了吗?难道你不知道孟德斯鸠给专制下的很好的定义:'野人伐木取果……'"

"有人还想把我们带回专制的老路上去呢,"弥斯蒂格里说,"我们可是一朝被蛇咬,石(十)年怕井神(绳)啊!"

"将来总要走上这条老路的,"德·赛里齐伯爵大声说道,"因此,有田地的人最好还是把田卖掉。施奈尔先生去过意大利,应该知道意大利走回头路有多快啊。"

"Corpo di Bacco①! 教皇是不会答应的!"施奈尔回答,"不过事情已经如此了。意大利人真是老实! 只要让他们在大路上谋财害命,他们就谢天谢地了。"

"可是,"伯爵又说话了,"您怎么没有佩戴您在一八一九年得到的十字勋章? 难道现在不流行这一套吗?"

弥斯蒂格里和这位冒名顶替的施奈尔连耳根都羞红了。

"我吗! 我可不是那回事,"施奈尔接着说,"我怕人家认出我来。请您不要暴露我的身份,先生。我情愿让人当作一个无名的小画师,一个装饰房间的艺术家。现在我要到一家公馆去,我不该引起别人猜疑。"

"啊!"伯爵叫道,"是要发大财,还是有艳遇?……啊! 你们年轻人真福气……"

奥斯卡人不出众,语不惊人,憋了一肚子的闷气,几乎要爆炸了。他瞧瞧采尔尼-乔治上校,瞧瞧大画家施奈尔,心里也在盘算,想摇身一变,变成一个什么人物。不过,一个十九岁的小伙子,下乡到普雷勒总管家里去住个十几二十天,又能够变出个什么名堂来呢? 阿利坎特烈酒冲昏了他的头脑,加之自尊心又使他热血沸腾,因此,当冒牌的施奈尔故意要人以为他艳福不浅,而且这场艳遇的幸福程度和它的危险程度不相上下的时候,奥斯卡的眼睛紧紧盯着他,又是妒忌,又是羡慕。

"啊!"伯爵也装作又羡慕、又容易上当受骗的神气说,"一定是爱得很深,才肯作出这么大的牺牲啊……"

"什么牺牲呀?……"弥斯蒂格里问道。

---

① 意大利文:我敢用酒神的名义起誓。

"难道您不知道,我的小朋友,一位这样出名的大画家画的天花板是价值万金的吗?"伯爵回答说,"算算看,您在卢浮宫两个大厅里画的天花板,如果王家金库付给您三万法郎的话,"他瞧着施奈尔,接着说道,"那么,给一个大老板,像你们在画室里么称呼我们的,画一块天花板,大约也要两万法郎了。但是,如果请一个不出名的装饰画家来画,人家恐怕连两千法郎也不肯出啊。"

"少得点钱并不是最大的损失,"弥斯蒂格里回嘴说,"只要想到这是一幅杰作,而且画上还不能留名,免得连累了她!"

"啊!我真想把我得到的十字勋章都还给欧洲各国的君主,只要我能像一个多情的年轻人一样,得到心上人的爱慕!"德·赛里齐先生叫了起来。

"啊!就是这么回事,"弥斯蒂格里说,"人家年纪轻,所以有人爱!爱他的女人有的是,俗话说得好,多多益省①。"

"那么,施奈尔夫人对这件艳事有什么看法呢?"伯爵又说,"因为,您不是爱上了美丽的阿黛拉伊德·德·鲁维尔,并且和她结了婚吗?还是她的靠山,年高德劭的凯嘉鲁埃海军上将要他的侄儿封丹纳伯爵照应您,才请您去卢浮宫画天花板的啊。"

"难道画家出了门还算是有妇之夫?"弥斯蒂格里发表高见了。

"这就是你们画家的道德吗?……"德·赛里齐伯爵装傻地叫道。

---

① 从谚语"财多不碍事"变化而来,意为:多多益善。

"难道给您授勋的宫廷又有什么道德？"施奈尔说。在伯爵说出真施奈尔所画的天花板时，假施奈尔发窘了，这时才镇定下来。

"我没有向人家要求过什么勋章，"伯爵回答说，"我的勋章可都是正大光明得来的。"

"您戴起勋章来，正像公证人装了条假腿①一样，真是得其所哉！"弥斯蒂格里回嘴说。

德·赛里齐伯爵不愿暴露身份，便装出一副老好人的神气，瞧着格罗莱峡谷。到了交叉路口，左边通到圣布里斯，右边通到尚蒂伊，对面就是峡谷。

"这下他可没的说了。"奥斯卡咕哝说。

"罗马有人家说的那么美吗？"乔治问大画家。

"罗马只是在情人眼里才是美的，要有一个情人才会喜欢那个地方；光以地方而论，我还是更喜欢威尼斯，虽然我几乎在那儿送了命。"

"的确，要不是我，"弥斯蒂格里说，"你可要倒大霉了！都怪那个轻浮可恶的拜伦爵士。啊！这个古怪的英国人脾气真大！"

"嘘！"施奈尔说，"不要把我和拜伦爵士决斗的事宣扬出去。"

"你总得承认，"弥斯蒂格里说，"幸亏我学会了两手拳脚。"

皮埃罗坦时不时和德·赛里齐伯爵交换一个心照不宣的眼色，任何比这五位稍见过点世面的旅客，都会看出其中必有

---

① 这句话的意思恰恰是"完全不相称"。

缘故。

"爵士,总督,花三万法郎画的天花板!啊!"亚当岛的马车夫叫起来,"难道今天我车上坐的都是大人物?那我该得到多少酒钱啊!"

"车钱还不计算在内呢。"弥斯蒂格里机灵地说道。

"这下来得真凑巧,"皮埃罗坦接着说,"因为,莱杰老爹,您知道我那辆漂亮的新马车,我已经付了两千法郎定钱……哎呀,那些可恶的车厂老板,明天还得再付他们两千五,我想先付一千五,另外一千,两个月内还清,他们却不答应!……这些该死的家伙要我一次付清。我做客车生意做了八年,已经有了妻室儿女,他们却对我这样无情!要是我弄不到这该死的一千法郎,那定钱和马车,两样都要落空!——吁!快!小鹿。——他们对大运输行可不会来这一手,唉!"

"当然啰!一手交钱,一手交祸(货)。"小徒弟说道。

"您只要再凑八百法郎就够了。"伯爵说,他把皮埃罗坦向莱杰老爹诉的苦当作向他讨钱的账单。

"这倒是真的,"皮埃罗坦说,"唏!唏!快点!红脸。"

"您在威尼斯应该见过一些画得漂亮的天花板了。"伯爵接着又对施奈尔说。

"我那时正沉醉在热恋中,哪有心情去管这些区区小事!"施奈尔回答说,"不过我的相思病倒是治好了,因为就在威尼斯公国的达尔马提亚,我受到了一次惨痛的教训。"

"什么教训?能够谈谈吗?"乔治问道,"我也去过达尔马提亚。"

"那好,如果你也去过那儿,那你应该知道,在亚得里亚海上,尽是些老海盗、走私贩、洗手不干的江洋大盗,如果他们侥幸没有被吊死的话,还有一些……"

"还有一些乌斯柯克①。"乔治说道。

伯爵曾被拿破仑派去治理过伊利列纳各省,听到这个用得很确切的字眼,不禁非常惊讶地转过头来。

"就是在那个以出产樱桃酒著称的城市……"施奈尔一面说,一面回想那个地名。

"扎拉!"乔治说,"我也去过,在海边上。"

"你说对了,"画家接着说,"我去看看这个地方,因为我最喜欢风景。我总起过二十回念头,要去画点风景。在我看来,除了弥斯蒂格里以外,没有人能欣赏我的风景画。而有朝一日,弥斯蒂格里总要成为第二个霍贝玛、吕依斯达埃尔、克洛德·洛兰、普桑,②或者其他大画家的。"

"不过,"伯爵大声说,"这样的大画家,只要画得像其中的任何一个,就已经了不起了。"

"若是您老插嘴,先生,"奥斯卡说,"我们就不知道讲到什么地方了。"

"况且,画家先生并不是在对您讲话。"乔治也对伯爵说。

"打断别人说话是不礼貌的,"弥斯蒂格里一本正经地说,"不过我们大家都有这个毛病,如果光听别人吹牛,不掺进几句有趣的话,不交换一点想法,那未免太不上算了。老乔治的孙子刚才说过:在公共马车里人人平等。因此,说您的

---

① 原指斯拉夫强盗,因他们的故乡巴尔干为土耳其人所占领,不得不闯荡江湖。后用来泛指亡命之徒。

② 吕依斯达埃尔(1600—1670),荷兰风景画家;克洛德·洛兰(1600—1682),法国风景画家;普桑(1594—1665),法国著名风景画家和历史画家,古典派大师。

吧,好脾气的老先生! ……吹您的牛吧。上流社会里不也常常这样吗,您知道俗话说:进了狼窝就得学狼笑(叫)。①"

"人家把达尔马提亚吹得天花乱坠,"施奈尔接着说,"因此,我就把弥斯蒂格里留在威尼斯的旅馆里,自己观光去了。"

"留在 locanda②!"弥斯蒂格里说,"说话要有地方色彩。"

"扎拉真是名不虚传,是一个坏地方……"

"不要紧,"乔治说,"它还有城墙。"

"的确!"施奈尔说,"城墙和我的艳遇大有关系。扎拉有许多药剂师,我就住在一个药剂师家里。在外国的许多地方,大家的主要职业都是出租房屋,其他职业只是附带的。晚上,我换了衣服,就上阳台乘凉。在对面阳台上,我看见一个女人,啊! 一个美人,一句话归总,一个希腊美人,她是全城独一无二的美人:一双杏仁眼,眼皮好像卷帘,睫毛好像画笔;一张鹅蛋脸能使拉斐尔③神魂颠倒,肤色浓淡适中,看来柔软光滑,令人心醉……还有一双纤纤玉手……啊! ……"

"不是大卫④派画的奶油色的手。"弥斯蒂格里说。

"嘻! 你们老是谈油画!"乔治叫起来了。

"啊! 对了,三句不利(离)本行嘛!"弥斯蒂格里回嘴说。

"而且她穿的那一身衣服,纯粹是希腊美人的装束!"施奈尔接着说,"你们想想看,我怎能不欲火中烧! 我问我的狄

---

① 意为入乡随俗。
② 意大利文:旅馆。
③ 拉斐尔(1483—1520),意大利文艺复兴时期大画家。
④ 大卫(1748—1825),法国古典派大画家。

亚福吕斯①,他告诉我这位女邻居名叫泽娜。为了娶泽娜做老婆,她那老不要脸的丈夫出了三十万法郎的聘金,因为她美丽出众,远近闻名,简直是全达尔马提亚、全伊利列纳、整个亚得里亚海岸绝无仅有的美人。在那些地方,老婆都是花钱买来的,而且连面都没有见过……"

"我才不去那种鬼地方呢。"莱杰老爹说。

"有好几夜,我在睡梦中都看见泽娜明媚的眼睛,睡不着觉。"施奈尔接着说,"她那个'如意郎君'已经六十七岁了。那好!但他却妒忌得连老虎都相形见绌,因为人家说老虎妒忌得像达尔马提亚人,而这位郎君却比达尔马提亚人更厉害,他抵得上三个半达尔马提亚人。他是一个乌斯柯克,双料的王八蛋,用金屋藏娇的老王八蛋。"

"总而言之,他是一个不用土(肉)包子打狗②的老王八蛋……"弥斯蒂格里说。

"真了不起!"乔治笑着说。

"我那个古怪的对头在做过走私贩或者海盗后,杀起基督徒来就像我吐口痰一样不费事,"施奈尔接着说,"这倒不错。不过,这个老王八蛋已经是百万富翁了,他那副尊容可丑得像一个让总督割了耳朵的独眼大盗……但他充分使用他剩下的那只眼睛,如果我说他眼观六路,那并不是言过其实。我的小房东告诉我:'他对他的老婆真是寸步不离。'我就对小房东说:'要是她有什么事用得着你,我就化妆去顶替;在我们演的这出戏里,使用这条妙计,十拿九稳可以成功。'要向

---

① 房东的名字。——原编者注
② 意为精于算计,不干蚀本买卖。

你们一五一十地细讲我这一生最美妙的时光,也就是说,我每天早晨换上新衣,在窗前和泽娜眉来眼去的那三天,那太费事。我只消告诉你们:她的一举一动都含意很深,而且还冒着风险,这就使我心里痒痒得更加厉害。最后,泽娜盘算来盘算去,大约认为敢于逾越万丈鸿沟、向她眉目传情的,唯有这样一个举世无双的外国人,一个法国的艺术家了。因为她讨厌透了那个其丑无比的海盗,她也就回了我几个秋波,这些秋波简直赛过滑车,可以使一个人抛下天堂乐园,降生到尘世来。我像堂吉诃德一样着了魔。我快活得要发狂了,要发狂了!最后,我叫道:'管他呢,哪怕老家伙要杀我,我也要去!'我不再研究风景画,却来研究这个老王八蛋藏娇的金屋。夜里,我换上一身香喷喷的衣服,穿过街道,走进了……"

"走进了那所屋子?"奥斯卡问道。

"走进了那所屋子?"乔治也跟着问。

"走进了那所屋子。"施奈尔顺着他们说。

"好哇,您真是一个色胆包天的汉子!"莱杰老爹嚷道,"若是我,我才不去呢……"

"恐怕您也胖得进不了门啊。"施奈尔回嘴说。"于是我就进去了,"他接着说,"我碰到两只手拉住了我的手。我不作声,因为这双像剥了皮的葱头一样滑润的手叫我不要开口。她在我的耳边用威尼斯话低声说道:'他睡着了!'后来,我们肯定不会碰到人了,泽娜和我就到城墙上去散步。不过,你们看怪不怪?有一个老保姆跟着我们。这个保姆丑得像个看门的老头,她像影子似的一步也不离开我们,我也没有办法要这位海盗夫人摆脱这个不通人情的伙伴。第二天晚上,我们又照样散步;我想打发老保姆走开,泽娜却不答应。因为我的情人说希腊话,我说威尼斯话,两个人解释不清楚;结果不欢而散。我换衣服的时候心里想:'只要下一回没有老保姆在场,我们各说各的话也会言归于好的……'哎呀!没想到却是老保姆救了我!你们马上就会知道。那天天气很好,为了免得人家疑心,我就去溜达溜达,观赏风景,当然,这是在我们彼此取得谅解、言归于好之后。我沿着城墙散了一会儿步,从容不迫地走了回来,两只手还插在衣袋里,忽然看见街上挤满了人。啊!一大堆人!……嘿!好像是看杀头。不料这堆人却向我拥了过来,把我捉住,绑住,交给警察带走了。啊!你们不知道,但愿你们永远也不知道这是什么滋味:一群愤怒的老百姓把你当作杀人犯,跟着你又是叫喊,又扔石头,从大街的一头走到另一头,高喊要你偿命!……啊!所有的眼睛都在冒火,所有的嘴巴都在咒骂,怒火加上骂声,显得更加吓人。从远处听到这样一片喊声:'叫他偿命!打死凶手!……'简直像是男低音合唱……"

"难道这些达尔马提亚人都说法国话?"伯爵问施奈尔,"您讲的这件事,好像是昨天刚发生的。"

施奈尔给问倒了。

"普天下闹事的人都有共同的语言。"弥斯蒂格里这个善于辞令的外交家来解围了。

"最后,"施奈尔接着说,"等我到了地方法院,到了法官面前,我才知道那个该死的海盗给泽娜毒死了。我真希望还能再换一次衣服去见见她。凭良心说,我并不了解这出悲喜剧的内幕。看来大约是我的希腊美人在海盗喝的热甜酒里放了点鸦片(刚才那位先生还说,那儿有的是罂粟呢!),好偷空出去多散一会儿步。不料头一天晚上,我不幸的美人放多了点鸦片,于是海盗就一命呜呼了。这个该死的老海盗财产太多,结果反而给泽娜带来了麻烦;好在她老老实实地认了罪,加上老保姆的旁证,首先开脱了我和案件的关系,不过市长和奥地利的警察局长还是勒令我出境,叫我到罗马去。听说泽娜让那个老王八蛋的继承人和地方法院拿走了大部分财产,她被判在修道院里幽禁两年,现在还在那儿。我要去给她画像,因为再过几年,一切都会忘个一干二净。这就是一个人在十八岁上干的蠢事。"

"而你却让我一文不名地待在威尼斯的 locanda,"弥斯蒂格里说,"我从威尼斯到罗马去找你,一路给人画像,只收五个法郎一张,人家还不给钱。不过,说来说去,这还是我一生最幸福的时刻! 常言说得好:幸福不在金碧辉煌的庇护板(护壁板)下面。①"

"你们想想这是什么滋味,我有什么想法! 一个人关在达尔马提亚的监牢里,没有靠山,不得不回答奥地利人的审问,并且还有杀头的危险。其实我只不过同一个硬要带着老保姆的美人散了两次步。你们看倒霉不倒霉!"施奈尔嚷道。

"怎么,"奥斯卡天真地问道,"您偏偏会碰到这种事情?"

"为什么这位先生不可以碰到这种事情呢? 既然在法国占领伊利列纳的时候,有一位漂亮的炮兵军官已经碰到过一次了。"伯爵意味深长地说。

"而您就相信了炮兵军官的事?"弥斯蒂格里也意味深长地说道。

---

① 意为有钱不一定幸福。

"事情就这样完了吗?"奥斯卡问道。

"您还想要知道什么?"弥斯蒂格里说,"炮兵军官怎么能告诉您人家砍了他的头呢? 真是:人越服毒(糊涂),就越快活……"

"先生,那个地方有农村吗?"莱杰老爹问道,"他们是怎么种地的?"

"他们种樱桃树,"弥斯蒂格里说,"长得齐我的嘴巴这么高,果子可以酿成樱桃酒。"

"啊!"莱杰老爹叫道。

"我在城里只待了三天,却在牢里蹲了半个月。我什么也看不到,甚至连樱桃园也没看见。"施奈尔答道。

"他们在拿您寻开心,"乔治告诉莱杰老爹,"樱桃酒是一桶一桶运来的。"

那时,皮埃罗坦的马车走下圣布里斯峡谷的一个陡坡,向坐落在大镇中心的一个客店走去,他要在那里停上个把钟头,让他的马匹歇歇脚,吃吃燕麦,喝喝水。那时大约是下午一点半。

"嗯! 是莱杰老爹哟,"客店老板看见马车停在门前,问道,"吃午饭吗?"

"每天要吃一顿,"胖胖的农夫回答道,"我们随便吃点吧。"

"给我们准备午饭吧,"乔治说道,他像骑兵托枪似的把手杖放在肩上,在奥斯卡看来,真是神气十足。

奥斯卡看到这个见过世面的冒险家满不在乎地从侧面口袋里拿出一个加工过的麦秆编成的烟匣,抽出一根棕黄色雪茄,在门口一面抽烟,一面等饭吃的时候,更是气坏了。

"您抽烟吗?"乔治问奥斯卡。

"有时也抽抽。"这个刚出校门的中学生答道。说时他挺起胸膛,想要冒充内行。

乔治把打开的烟匣送到奥斯卡和施奈尔面前。

"好阔气!"大画家说道,"十个苏一支的雪茄烟呀!"

"这是我从西班牙带回来剩下的几支。"冒险家说,"你们用午饭不用?"

"不用,"艺术家说,"公馆里还等着我吃饭呢。再说,我动身前也吃过东西了。"

"您呢?"乔治问奥斯卡。

"我吃过了。"奥斯卡说。

只要能像乔治那样穿上长筒靴,系上护鞋带,奥斯卡真是情愿少活十年。现在,他给雪茄烟呛得又是打喷嚏,又是咳嗽,又是吐口水,一副狼狈样,简直是欲盖弥彰。

"您不会吸烟,"施奈尔对他说,"瞧我的!"

施奈尔面不改色地吸了一口烟,然后从鼻子里喷出来,连眉头也没有皱一皱。他又吸了一口,这回却把烟留在喉咙里,然后拿掉嘴里的雪茄,悠然自得地把烟吐出来。

"瞧,年轻人。"大画家说。

"瞧,年轻人,也可以这样抽。"乔治说,他照施奈尔的样子吸了一口,但把烟全吞下去了,一点也没有吐出来。

"我父母还以为我算受过教育呢!"可怜的奥斯卡心里想,一面学人家那样自然地抽烟。

他忽然觉得作呕,因此乐得让弥斯蒂格里把雪茄抢走。弥斯蒂格里抽起烟来喜形于色,但却问了一声:

"您没有传染病吧?"

奥斯卡只恨自己力气不够大,不能揍弥斯蒂格里一顿。

"怎么!"他指着乔治上校说,"阿利坎特酒和奶酪饼花了八个法郎,雪茄烟又花了四十个苏,还有一顿午饭要花……"

"至少十个法郎,"弥斯蒂格里接嘴说,"就是这个样子,条条小鱼汇成河①啊!"

"啊!莱杰老爹,我们来喝一瓶波尔多酒吧。"乔治又对农夫说道。

"这顿午饭要花他二十个法郎!"奥斯卡叫道,"这样,现在可以算出来,他一共得花三十几个法郎。"

奥斯卡自惭形秽,就在一块界石上坐下,胡思乱想起来。他这一坐不打紧,不料裤脚却提高了,露出了旧袜筒和新袜底的接缝,这是他母亲的精工细作。

"我们的袜子倒是天生的一对,"弥斯蒂格里说,他也撩起一只裤脚,露出袜子上的补丁,"不过,鞋匠总是穿臭鞋②的。"

这句俏皮话使得德·赛里齐先生莞尔一笑。他两臂交叉地待在客店大门口,站在别的旅客后面。不管这些年轻人怎样胡闹,这位庄重的政治家还是惋惜自己失去了这些青春时代的缺点,他喜欢他们说的大话,赞赏他们开玩笑开得生动有趣。

"嘻,你不是到巴黎筹款去了吗?穆利诺的田产能弄到手吗?"客店老板对莱杰老爹说,他刚带他去马厩看过一匹打算卖掉的小马,"要是你能够从一个法兰西贵族院议员、一个

---

① 从谚语"涓涓细流汇成河"变化而来。
② 从谚语"鞋匠总是穿旧鞋"变化而来。

德·赛里齐伯爵这样的国务大臣身上拔毛,那才够意思哩!"

这位老成持重的大臣不动声色,转过身去打量农夫。

"他输定了。"莱杰老爹低声对客店老板说。

"那敢情好,我喜欢看到这些大人物做'冤大头'……你不是还缺两万法郎吗?我可以借给你。不过,图沙车行六点钟那一班车的车夫弗朗索瓦刚才告诉我:德·赛里齐伯爵今天要请马格隆先生去普雷勒赴宴呢。"

"那是伯爵大人的如意算盘,不过我们也有对付他的妙计。"莱杰老爹回答。

"伯爵可以给马格隆先生的儿子安排个一官半职,而你有什么官职可以送人情呢?"

"没有;不过,虽然伯爵有大臣们撑腰,我却有王上帮忙。"莱杰老爹贴着客店老板的耳朵说,"只要我给莫罗那家伙送上四万路易十八①,我就可以抢在赛里齐先生前头,花二十六万法郎现款,把穆利诺的田产买下来。如果伯爵不愿眼巴巴地看着这些田地一块一块地拍卖,他就得乖乖地给我三十六万法郎,再把这片田产买去。"

"主意不坏呀,老板!"客店老板嚷起来。

"这一手干得不错吧?"农夫说道。

"话又得说回来,"客店老板说道,"对他来说,这片田产也值这个价钱。"

"这片田产除了上税以外,可以净收六千法郎地租,如果他再把田产租给我十八年,我可以出七千五百法郎租钱。这就等于是两分半以上的利息了。伯爵先生也不算吃亏。为了

---

① 指有路易十八头像的硬币。

"你不是到巴黎筹款去了吗?"客店老板对莱杰老爹说。

不让莫罗先生露马脚,他还可以推荐我做伯爵的佃户;我会按时交租,使伯爵差不多可以得到三分利,这样一来,表面上莫罗好像是为他主人效劳……"

"他总共可以捞到多少?我是说莫罗老头。"

"嗐,要是伯爵赏他一万法郎的话,他从这笔买卖里可以赚到五万法郎,不过这笔钱也不是白白赚来的。"

"说来说去,伯爵虽然这样有钱,还是很在乎普雷勒的哟!"客店老板说道,"可是我还没见过他。"

"我也没见过他,"莱杰老爹说,"不过,他到底要住到这里来了;要不然的话,他不会花二十万法郎来修理房屋。那房子简直修得像王宫啊!"

"这样说来,"客店老板说道,"莫罗要捞油水就得赶快了!"

"是的;因为主人主妇一来,"莱杰说,"他们的眼睛可不是藏在口袋里的哟!"

谈话虽然低声细气,伯爵却一句也没有漏掉。

"这样看来,不用到那边去,这里就提供了我要寻找的证据。"他一面想,一面瞧着胖胖的农夫走进厨房里去。"说不定,"他心里琢磨,"他们是在打如意算盘呢。会不会莫罗并没有接受他的钱呢?……"他还是不愿意相信他的总管会干出这等欺上瞒下的勾当来。

皮埃罗坦来给马喂水。伯爵担心马车夫会同客店老板和农夫一起吃饭,而他刚才听到的谈话,又使他害怕马车夫会泄露他的秘密。

"这些人串通一气来对付我,老天有眼,一定要叫他们的打算落空。"他心里盘算。"皮埃罗坦,"他走到马车夫身边,低声说道,"我答应过给你十个金路易,要你替我保守秘密;现在,只要你继续隐瞒我的身份(我自会知道在今天晚上以前,你有没有对任何人,在任何地方,甚至在亚当岛,说出过我的名字,泄露出一点风声,暴露我的身份),那么明天早上,你路过的时候,我会凑足你所缺的一千法郎,让你去买你的新马车。因此,为了保险起见,"伯爵拍着皮埃罗坦的肩头说,马车夫一听,高兴得连脸色都发白了,"不要在这里吃午饭了,早点带马走吧。"

"伯爵先生,我明白您的意思,请放心好了!这是不是和莱杰老爹有关系?"

"和大家都有关系。"伯爵答道。

"请您不用担心……"皮埃罗坦把厨房门推开一半,对里面说道,"我们可得快一点,我怕要迟到了!听我说,莱杰老爹,您知道,前头要上坡;好在我不饿,那我就慢慢地先走了,您回头准能赶上我,再说,多走点路对您也只会有好处。"

"皮埃罗坦,你是不是发疯了?"客店老板说道,"怎么!你不来和我们一道吃午饭?上校请我们喝五十个苏一瓶的好酒,还要开一瓶香槟呢。"

"不行呀。有一条鱼要在三点钟送到斯托尔,酒席上要用。这些老主顾的事可不是闹着玩的,鱼也不能闹着玩呀。"

"这么办吧,"莱杰老爹对客店老板说,"把你要卖给我的那匹马套上你的轻便车,那我们就赶得上皮埃罗坦了。现在,我们还是安心吃午饭吧。我还要试试你那匹马的脚力呢。我看,你那辆破车坐得下我们三个人的。"

看见皮埃罗坦自己来给马套车,伯爵才放了心。施奈尔和弥斯蒂格里已经先走了。皮埃罗坦在圣布里斯到蓬塞尔的中途,把这两位艺术家接上车。他刚到大路的坡顶,看见埃库昂、默尼尔的钟楼和一片美景周围的树林时,一匹飞跑的小马拉着一辆旧轻便车发出的叽里嘎啦的响声,宣告莱杰老爹和米纳的伙伴①赶上来了,他们又重新坐上皮埃罗坦的马车。

当皮埃罗坦驱车冲下城墙和壕沟之间的坡道,向穆瓦塞勒奔去的时候,乔治还在不停地和莱杰老爹大谈圣布里斯美貌的老板娘,忽然他叫起来:

"瞧!风景不坏吧,大画家?"

"呸!这也不值得您大惊小怪呀,您不是去过东方和西班牙吗?"

"我这里还有两支从西班牙带回来的雪茄呢!要是抽烟不碍事的话,施奈尔,您就给我抽掉吧。这个小家伙刚才还没有吸几口,就呛得受不了。"

莱杰老爹和伯爵都没说话,他们以为这就等于不反对。

奥斯卡因为人家把他叫作"小家伙",心里很恼火。当那两个年轻人点着雪茄的时候,他开腔了:

"虽然我没有当过米纳的副官,先生,虽然我还没有去过东方,说不定我将来也会去的。我的家庭给我安排好了前程,我希望,等我到了您这么大的年岁,就不必再坐这样不舒服的公共马车外出了。等到我成了大人物,有了地位,我就要高高在上……"

"Et coetera punctum②!"弥斯蒂格里模仿小公鸡初学打鸣的声音说,这使奥斯卡说的大话显得更加可笑,因为这个可

---

① 指乔治。
② 拉丁文:如此,这般,等等。

怜的孩子正处在长胡髭、变嗓音的阶段,"总而言之,"弥斯蒂格里又加了一句,"两极不通①。"

"天哪!"施奈尔说,"车上这么多要人,我看马都拉不动了。"

"年轻人,您的家庭打算给您安排一个前程,什么样的前程呀?"乔治一本正经地问道。

"外交官。"奥斯卡回答道。

三声大笑突然从弥斯蒂格里、大画家和莱杰老爹的嘴里爆发出来,连伯爵也不禁微笑了,只有乔治不动声色。

"真主在上,这没有什么可笑的!"上校对哈哈大笑的人们说道。"只不过,年轻人,"他接着又对奥斯卡说,"在我看来,您那位可尊敬的母亲目前所处的地位和大使夫人的身份未免太不相称……她手里拿一个令人敬重的布提包,鞋后跟还加了鞋掌。"

"我的母亲吗,先生?……"奥斯卡作出一个不屑一顾的神气说道,"那是我们家里的女用人……"

"我们家里的,好大的口气!"伯爵打断奥斯卡的话,说道。

"王上就自称我们。"奥斯卡傲慢地回嘴说。

大家又要发笑,乔治递了一个眼色,画家和弥斯蒂格里立刻会意:要不断地拿奥斯卡开心,就得细水长流。

"这位先生说得对,"大画家指着奥斯卡对伯爵说,"上流人总自称我们,只有下等人才说我家里。人总喜欢打肿脸充

---

① 从成语"两极相通"变化而来,意思是两种截然不同的事物,从某个观点看,却具有类似的性质,可以引出相同的结果。

胖子。对于一个受过勋的人……"

"先生是装饰师①?"弥斯蒂格里装聋卖傻地问道。

"您不太懂得宫廷的用语。——请您大力协助,大使阁下。"施奈尔转过身来对奥斯卡说。

"我真是不胜荣幸之至,居然能和三位当代的或未来的名人一同旅行:一位是已经成名的大画家,"伯爵说道,"一位是未来的将军,还有一位是总有一天会把比利时并入法兰西版图的青年外交家。"

奥斯卡做出不认亲娘这种昧良心的丑事之后,猜到他的旅伴在取笑他,心里气得要命,于是打定主意,不管三七二十一,硬要打消他们的疑心。

"不要以貌取人嘛。"他说,眼睛里居然射出了炯炯的光芒。

"您说得不对,"弥斯蒂格里叫道,"应该说不要以貌欺人②。如果你成语掌握得不好,在外交界也不会有什么前途的。"

"即使我没有掌握成语,我也知道我的前途。"

"您的前途大概很远大吧,"乔治说道,"因为你们家里的女用人悄悄地塞给您吃的东西,仿佛您是要漂洋过海似的:又是饼干,又是巧克力……"

"不对,先生,那是一种精制的面包,自然还有巧克力,"奥斯卡接着说,"因为我的肠胃太娇嫩,消化不了饭店里的粗粮。"

---

① 法语"勋章"和"室内装饰"是同一个字。弥斯蒂格里存心装傻,故意把伯爵说成"装饰师"。
② 奥斯卡并没有说错,倒是弥斯蒂格里把成语篡改了。

"粗粮也不会比您的肠胃更粗呀。"乔治说道。

"啊！我可喜欢吃粗粮杂烩！"大画家叫了起来。

"杂烩这个词儿即使在上流社会也是很时兴的，"弥斯蒂格里接着说，"我在'黑母鸡'咖啡馆就常说：'来个杂烩。'"

"您的老师当然是一位名教授了，是法兰西学院的安德里欧先生，还是鲁瓦耶-科拉尔先生①?"施奈尔问道。

"我的老师是洛罗修道院院长，目前是圣絮尔皮斯教区的副主教。"奥斯卡想起他中学里听忏悔的神甫的名字，这样回答道。

"您有一个老师专门培养您，这样做很对，"弥斯蒂格里说，"因为大学教育令人生厌②；不过，您打算怎样酬谢您的院长呢？"

"当然要谢，他不久就要升主教了。"奥斯卡说。

"是不是靠你们家帮忙？"乔治一本正经地问道。

"也许是我们的力量使他升到这个位置，因为弗雷西努修道院院长常到我们家来。"

"啊！您认识弗雷西努修道院院长？……"伯爵问道。

"他受过我父亲的恩典。"奥斯卡回答说。

"这么说来，您一定是到你们家的领地去啰？"乔治说道。

"不是，先生；不过，我可以告诉您我要到哪里去，我要去普雷勒公馆，去德·赛里齐伯爵家里。"

"见鬼！你也要去普雷勒？"施奈尔脸红得像樱桃一般，叫了起来。

---

① 安德里欧(1759—1833)和鲁瓦耶-科拉尔(1763—1845)，都是法兰西学院院士。
② 从俗语"千篇一律令人生厌"变化而来。

"您认识德·赛里齐伯爵大人吗?"乔治问道。

莱杰老头转过身来看奥斯卡,神色慌张地嚷起来:

"德·赛里齐先生会在普雷勒吗?"

"那还用说,既然我要到那里去。"奥斯卡答道。

"您常常见到伯爵吗?"德·赛里齐先生问奥斯卡。

"就像我现在看见您一样。"奥斯卡回答说,"我和他的儿子同学,他和我年龄差不多,都是十九岁,我们几乎天天在一起骑马。"

"我们也见过国王取笑牧羊女①呀。"弥斯蒂格里一本正经地说。

皮埃罗坦给莱杰老爹递了一个眼色,使农夫完全放心了。

"的确,"伯爵对奥斯卡说,"我很高兴碰到一个了解这位大人物的青年人;我有一件相当重要的事要找他帮忙,而帮这点忙并不费他多少力气:那就是我要向美国政府提出一项申请。如果您能告诉我德·赛里齐先生为人怎么样,那我真是感激不尽了。"

"啊!您若想要把事办成,"奥斯卡装出一副调皮捣蛋的神气答道,"那就不要去求他,还是去求求他的夫人吧;他爱她爱得要发疯,谁也没有我清楚他爱她爱到什么程度,但是他的夫人却受不了他。"

"为什么呢?"乔治问道。

"伯爵有皮肤病,看了叫人恶心,虽然阿利贝尔医生②想尽办法要把他的病治好,也不见效。所以,伯爵只要能有我这

---

① 从俗语"我们也见过国王娶牧羊女"变化而来,原意是:高贵者有时也与低贱者为伍。
② 阿利贝尔,路易十八的御医,圣路易医院的主治医师。

样好的胸脯,真会心甘情愿地拿出一半财产来!"奥斯卡说着拉开他的衬衫,露出小孩子的皮肤,"他一个人住在公馆里,不见外客,因此,一定要有人引荐才见得到他。他大清早起床,第一件事就是工作,从清早三点钟工作到八点;八点以后,他就治病:洗矿泉澡,或者是蒸汽浴。人家把他关在铁蒸笼里蒸,因为他还总想治好啊。"

"既然国王对他这么好,他为什么不请王上摸摸呢①?"乔治问道。

"那么,他的夫人不是有一个蒸老了的丈夫吗!"弥斯蒂格里同时说道。

"伯爵答应送三万法郎给一个正在为他治病的苏格兰名医。"奥斯卡继续说。

"那么,他的夫人另有新欢也是无可厚非……"施奈尔说到这儿就住嘴了。

"我也这样想,"奥斯卡说,"这个可怜人一身硬茧,样子又那么衰老,你会以为他有八十岁了!他干瘪得像一张羊皮纸,不幸的是,他也感到他的处境……"

"他大概也感到不妙吧。"嬉皮笑脸的莱杰老爹说道。

"先生,他拜倒在他夫人裙下,简直不敢说她一声不是。"奥斯卡接着说,"他在她面前的表演真要把人笑死,就跟莫里哀喜剧里的阿尔诺耳弗②一模一样……"

伯爵气得说不出话来,瞧着皮埃罗坦,马车夫看见伯爵不动声色,心想克拉帕尔太太的儿子一定是在造谣诬蔑。

---

① 据旧时迷信,病人经国王抚摩可以痊愈。
② 阿尔诺耳弗是莫里哀的喜剧《太太学堂》中的人物。

"因此,先生,要是您想把事办成,"奥斯卡对伯爵说,"还是去求哀格勒蒙侯爵吧。如果夫人的这个老相好肯为您说情,那您就可以一下子得到伯爵夫妇两个人的帮助了。"

"这就是俗话说的一肩双挑①。"弥斯蒂格里说。

"哟!这样说来,"画家说道,"您是见过伯爵脱掉衣服的喽,难道您是他的贴身仆人?"

"我怎么会是他的贴身仆人!"奥斯卡叫起来。

"哼,一个人不应该在公共场所谈熟人的私事。"弥斯蒂格里又说,"年轻人,轻声为安全之母②。我可不听您这一套。"

"这正好用得上一句谚语,"施奈尔叫道,"观其交游,可以欺人③!"

"您要晓得,大画家,"乔治一本正经地回嘴说,"要是您不认识一个人,您怎能说他的坏话呢?可是,这小家伙刚才谈起赛里齐来,说得有鼻子有眼的。要是他光谈伯爵夫人的话,人家还要以为他是夫人的相好呢……"

"不要再谈德·赛里齐伯爵夫人了,年轻人!"伯爵高声说道,"我是她哥哥德·龙克罗尔侯爵的朋友,谁要是打主意败坏伯爵夫人的名声,我可不答应。"

"这位先生说得对,"画家叫道,"不应该拿妇女来开玩笑。"

"天哪!《贞操和女人》,我看过这出妙剧。"弥斯蒂格里说。

---

① 从成语"一石双鸟"(相当于中国的"一箭双雕")变化而来。
② 从格言"谨慎是安全之母"变化而来。
③ 从谚语"观其交游,可知其人"变化而来。

"虽然我不认识米纳,却认识掌玺大臣。"伯爵望着乔治,继续说道,"虽然我没有佩戴我的勋章,"他望着画家说,"却可以使那些不配受勋的人得不到勋章。总而言之,我认识很多人,也认识普雷勒的建筑师葛兰杜先生……——停车,皮埃罗坦,我要下去一下。"

皮埃罗坦把马车一直赶到穆瓦塞勒村的尽头,那里有一家旅客歇脚的小店。走这段路的时候,谁也不再开腔。

"这个傻小子是到谁家去的呀?"伯爵把皮埃罗坦拉到小店的院子里问道。

"到您总管的家里。他是住在樱桃园街的一个穷女人的孩子。我还时常送些水果、野味、鸡鸭到她家去,她姓于松。"

"这位先生是谁?"伯爵离开皮埃罗坦后,莱杰老爹就来向马车夫打听。

"说真的,我也不认识,"皮埃罗坦答道,"他这是头一回坐我的车;不过,他可能有点来头,说不定是马伏利耶城堡的主人;他刚才还说要在路上下车,不到亚当岛去了。"

"皮埃罗坦猜想他是马伏利耶的主人。"莱杰老爹回到车上,告诉乔治。

这时,那三个年轻人像当场被抓住的小偷一样,正在发愣,谁也不敢瞧谁一眼,显得忧心忡忡,不知道他们说的谎话会带来什么后果。

"这就叫作吃得多,做得少[①]。"弥斯蒂格里说。

"你们看我是认识伯爵的吧。"奥斯卡对他们说道。

"这很可能,不过我看您一辈子也当不上大使了。"乔治

---

① 从俗语"说得多,做得少"变化而来。

回答说,"一个人要在公共马车上说话,就得像我这样小心在意,说了半天等于什么也没有说。"

"卖爪(瓜)子的说爪(瓜)甜。"弥斯蒂格里这一句话包总了。

那时,伯爵回到了他的座位上,于是皮埃罗坦又开车往前走,大家都不作声。

"哟,怎么,朋友们,"伯爵到达卡罗森林的时候说道,"我们大家都哑巴似的,难道我们要上断头台了?"

"挤奶也该恰到好处呀①。"弥斯蒂格里一本正经地说。

"天气很好。"乔治说道。

"这是什么地方?"奥斯卡指着弗朗孔维尔城堡问道。城堡在圣马丁大森林的衬托下,显得庄严肃穆。

"怎么!"伯爵高声说道,"您说您时常到普雷勒来,怎么连弗朗孔维尔也不认得?"

"这位先生,"弥斯蒂格里说,"他只认得人,不认得城堡。"

"未来的外交官也难免心不在焉的!"乔治叫道。

"记住我的名字!"奥斯卡气愤地回答,"我叫奥斯卡·于松,十年之后,我会出人头地的。"

说完这几句大话之后,奥斯卡就缩在角落里不开腔了。

"哪一个于松家的呀?"弥斯蒂格里问道。

"那是一家名门望族,"伯爵回答,"樱桃园的于松。这位先生是在金殿玉阶之下出生的。"

那时,奥斯卡连头皮都羞红了,并且觉得心烦意乱。马车

---

① 法语"挤奶"与"闭嘴"谐音,这里一语双关。

就要走下"地窖"的陡坡,坡下一个狭窄的盆地上,圣马丁大森林的尽头,就是豪华的普雷勒堡。

"先生们,"伯爵说道,"我祝你们事事称心如意。——上校先生,还是和法国国王言归于好吧,采尔尼-乔治家的人也不该和波旁家族闹别扭啊。——亲爱的施奈尔先生,我不能预料您还会碰到什么好运气;您已经功成名就,不过,您是当之无愧,用精彩的作品取得盛名的;可是,您太叫人放心不下,像我这样有家室的人,都不敢请您光临舍下。——至于于松先生,他用不着大人物帮忙,他对国务大臣的隐私了如指掌,可以吓得他们魂不附体。——至于莱杰先生,他就要拔德·赛里齐先生身上的毛了,我只希望他下手的时候不要留情!——皮埃罗坦,我在这里下车,你明天再来这里接我。"伯爵补说一句,就下了车,使他同路的旅伴们莫名其妙。

"逃跑的时候,不会嫌腿多①。"看见伯爵轻松地走上一条凹路,弥斯蒂格里说道。

"哎哟!伯爵租下了弗朗孔维尔城堡;他现在到那里去了。"莱杰老爹说。

"要是以后我再在公共马车里吹牛,"冒名顶替的施奈尔说道,"我真要跟自己决斗了。——这也要怪你,弥斯蒂格里。"他又补说一句,同时在小徒弟的头上打了一下。

"哟!我不过是信口开河,跟着你说去过一趟威尼斯而已。"弥斯蒂格里说,"不过,欲加之罪,何患无耻(辞)!"

"您晓得吗,"乔治对他邻座的奥斯卡说,"万一他真的是德·赛里齐伯爵,那我才不愿意处在您的地位哩,虽然您没

---

① 从成语"升官的时候,不嫌官阶高"变化而来。

有病。"

这句话提醒了奥斯卡,他想起他母亲的叮嘱,脸色立刻变得煞白,仿佛大梦方醒一般。

"你们都到了,诸位先生。"皮埃罗坦把马车停在一扇漂亮的铁栅门前,说道。

"怎么!我们都到了?"画家、乔治和奥斯卡都异口同声说。

"这倒怪了!"皮埃罗坦说,"啊!诸位先生,难道你们谁也没有来过这里?这就是普雷勒公馆呀。"

"嗯!很好,伙计,"乔治又放下心来,说道,"我要到穆利诺村去。"他补充一句,不想让同行的旅客看出他是到公馆去的。

"怎么,您要到我那里去?"莱杰老爹问道。

"什么?"

"我就是穆利诺的佃户。上校光临,有什么贵干呀?"

"尝尝你们的黄油嘛。"乔治拿起公事包来,口里答道。

"皮埃罗坦,"奥斯卡吩咐,"把我的行李送到总管家里去,我直接去公馆。"

说了这句话,奥斯卡就埋头走上一条小路,自己也不知该往哪里走。

"喂!大使先生,"莱杰老爹叫道,"您要走到森林里去了。要进公馆,该走这个小门。"

奥斯卡不得不进了小门,他不知所措地走进公馆的大院子,院子里有一个大花坛,花坛用拴在石柱上的铁链围起来。莱杰老爹把奥斯卡的一举一动都看在眼里,这时,乔治连忙溜之大吉,因为他听到这个胖胖的农夫说他就是穆利诺的佃户,犹如听到一个晴天霹雳一般,等到这个莫名其妙的大胖子来找他的上校时,却连影子也找不到了。皮埃罗坦叫开了铁栅门,得意扬扬地把大画家施奈尔成百上千的绘画用具都搬到门房里。奥斯卡看见弥斯蒂格里和大画家也住进公馆,更觉得头昏脑涨,因为他们亲耳听见他大吹牛皮啊。不到十分钟的时间,皮埃罗坦就卸完了画家的大包小件、奥斯卡·于松的行李和一个漂亮的小皮箱,他神秘地把它交给门房的老婆。然后,他又转身走上回头路,噼噼啪啪地挥动马鞭,向亚当岛森林走去,脸上露出精打细算的乡下人捡了便宜的神气。

他算是交了好运,明天,一千法郎就可以到手了。

奥斯卡相当尴尬,围着大花坛转来转去,留神看他的两个旅伴会受到怎样的接待,这时,他忽然看见莫罗先生从那间叫作侍从室的大厅里走出来,站在台阶上头。总管身穿蓝色长上衣,下摆一直拖到脚后跟,腿上套着黄皮短裤,脚穿马靴,手执马鞭。

"好哇,我的孩子,你到底来了?你亲爱的妈妈好吗?"他握住奥斯卡的手问道。——"早哇,两位先生,你们大约是葛兰杜建筑师介绍来的画家吧?"他对画师和弥斯蒂格里说。

他用马鞭的把手当哨子吹了两下,门房就闻声而来了。

"把这两位客人领到十四号和十五号房间,莫罗太太会把房门钥匙给你;你陪客人去吧,好教他们认路;如果需要的话,今晚可以生火,还要把他们的行李送到他们房间里去。——伯爵先生给我交代过了,请你们二位和我一同用饭。"他接着又对两位艺术家说,"像在巴黎一样,我们五点钟用晚饭。如果你们喜欢打猎,那可够你们玩个痛快的了,我有使用森林、池塘的许可证,在这周围一万二千阿尔邦森林里都可以打猎,我们的领地还不在内。"

奥斯卡、画家和弥斯蒂格里都感到不大自在,互相瞟了一眼;但弥斯蒂格里面不改色地叫道:

"呸!握了手也不该甩掉袖子呀①!还是随它去吧。"

小于松跟着总管走了,总管带着他快步走进花园。

"雅克,"他对他的一个儿子说道,"去告诉妈妈,说小于松来了,还告诉她,我有事要到穆利诺去一下。"

总管那时约莫五十岁,身材中等,面带褐色,显得非常严肃。乡居的生活习惯已经使他顾虑重重的面孔印上深深的颜色,叫人乍见之下,容易猜错他的性格。他的灰白头发,蓝色眼睛,一个鹰钩鼻子,都会增加人们对他的错觉,加上他的眼睛离鼻子太近一点,更使人觉得他阴险;不过他厚厚的嘴唇,面部的轮廓,和蔼的态度,在明眼人看来却是善良的征象。他做事果断,说话生硬,他对奥斯卡很亲切,了解也很深,使奥斯卡对他又敬又怕。奥斯卡听惯了他母亲推崇总管的话,在总管面前,他总觉得自己矮了一截;不过,到了普雷勒,他却觉得心绪不宁,仿佛预感到他这位父辈,他唯一的靠山,会使他遭到什么灾祸似的。

"怎么,我的奥斯卡,你到了这里怎么不高兴?"总管说道,"你可以去玩玩;去学骑马,射击,打猎。"

"可我都不会呀。"奥斯卡傻里傻气地答道。

"我要你来,正是要教你呀。"

"妈妈叫我在这里只待半个月,说莫罗太太……"

"嗯!那再说吧。"莫罗答道,他心里不大痛快,因为奥斯

---

① 从谚语"丢了斧头,也不该丢掉斧柄"变化而来,意谓不该灰心丧气。

卡竟敢怀疑他怕老婆。

莫罗的小儿子,一个身材结实、行动灵活的十五岁的小伙子,跑过来了。

"你来得正好,"他父亲对他说道,"带这个伙伴去见见你妈妈。"

于是总管抄条近路,向着花园和森林之间的、护林人住的房子走去了。

伯爵给总管的住宅,是在大革命前几年,由著名的卡桑庄园的承包人修建的。总包税人贝日雷①拥有巨资,以其奢侈豪华和博达尔、帕里斯、布雷②等大家族齐名。他在卡桑修筑了一些园林小河、山庄别墅、中国式的亭台楼阁,还有耗资巨大、堂皇富丽的高楼大厦。

这座住宅坐落在一个大花园的中央,花园和普雷勒公馆的平房大院有一堵分界墙,住宅的大门原来开向村里的大路。买下这片产业之后,德·赛里齐老伯爵只消拆掉这堵分界墙,堵上开向村里的大门,就把住宅和平房大院连成一片了。再拆掉另一堵墙,就把承包人以前为扩展园地而买下的小花园全都并了进来,更扩大了他的园林。住宅是路易十五式的石块建筑。(只消看看窗户下的护壁板上那些僵直、生硬的凹槽,和路易十五广场上廊柱的饰纹一模一样,也就足够说明这一点了。)一楼有个漂亮的客厅,客厅通到卧室,还有一个餐厅,餐厅和弹子房相连。在客厅和餐厅之间是楼梯,楼梯前面有个回廊,用作前厅。客厅和餐厅的门相对,门上都有雕饰,

---

① 贝日雷,路易十五的总包税人,卡桑和努万泰尔的业主。
② 博达尔(1738—1787),海军部的总财政官;帕里斯(1668—1733),十八世纪著名财政家;布雷(1710—1777),总包税人。

成了前厅的装饰品。厨房就在餐厅底下,走进住宅要上十级台阶。

莫罗太太把住室安排在二楼,把原来的卧房改成一个小客厅。大小客厅都从公馆的旧家具中挑了一些漂亮的摆设,装潢富丽,比起一个名媛的小公馆来,肯定也毫不逊色。大客厅墙壁上挂了外蓝内白的帷幔,这是用原来接待贵宾的一张大床的帐幔改制的。古色古香的烫金木椅,蒙的是同样颜色的锦缎。白闪光缎衬里的窗帘和门帘,显得十分宽大。有些壁画是从原来的窗间壁上取下的,一些花盆架,几件时髦的漂亮家具,一些美丽的花灯,还有一盏枝形水晶吊灯,使大客厅看起来很有气派。地毯是波斯古国的产品。小客厅却完全是新式设计,按照莫罗太太的口味,改装成了一个以蓝色丝索支起的灰顶帐篷。古雅的长躺椅上摆着靠枕,脚下有放脚的软垫。还有花匠师傅剪成金字塔形的盆花,看来十分悦目。餐厅和弹子房的家具是桃花心木的。住宅周围是一片花坛,总管太太要花匠精心地栽满了花,使花坛和大花园连接起来。一排外国品种的树木撒下一片浓荫,遮蔽了下人住的平房。总管太太为了使来访的客人进出方便,还把原来堵死的大门换成一扇铁栅门。

就是这样,莫罗夫妇巧妙地掩饰了他们所处的从属地位;尤其是因为伯爵和夫人都不来压低他们的身份,他们看起来更像是顺便为朋友代管产业的阔佬;何况德·赛里齐先生给他们的特殊照顾,也使他们能过富裕的日子,在乡下简直可以说是奢侈了。就这样,乳制品、蛋类、家禽、野味、水果、饲料、鲜花、木柴、蔬菜,总管夫妇真是要多少有多少,除了新鲜牛羊肉、陈年美酒和从殖民地进口的奢侈品外,他们简直不用花现钱买东西，就可以过王侯般的生活。饲养家禽的女工兼管烤面包。最近几年，莫罗还用自养的猪去还肉账，同时留下自己吃的猪肉。

伯爵夫人对她往日的侍女始终恩深义重。一天，也许是为了作个纪念，她又送她一辆旧式小型旅行马车。莫罗把马车油漆一新，用两匹好马来拉，同他妻子坐了出游。再说，这两匹马在园地里也可以派用场。除此以外，总管还有他自己的坐骑。他在园里的耕地足够养活他的马匹和他手下的工人；园里可以收三十万捆上等干草，伯爵随便说过一声，至少要收十万捆，于是账上就只登记十万。用不完的干草，他卖掉一半，也不上账。他大手大脚地用园里种植的东西喂养他自己的家禽、鸽子和奶牛；不过牛粪马粪也可以用来给园里的土地施肥。这些揩油沾光的做法，说起来也都情有可原。总管太太有一个园丁的女儿侍候，既当女仆，又当厨娘。一个饲养家禽的女工，既管牛奶房，又帮着收拾房间。莫罗还雇用一个名叫勃罗雄的退伍老兵，帮他洗马，干些粗活。

在内尔维尔、绍弗里、丽山、马伏利耶、普雷罗尔和努万泰尔，这位美丽的总管太太到处都被人奉为上宾，人家不是不知道、就是装作不知道她的出身，因为莫罗能够帮人大忙。他仗着主人的势力，能做一些在巴黎看来是微不足道、而在乡下却是了不起的大事。一年之内，靠了他的关系，丽山和亚当岛的司法官得到任命，总护林官没有免职，丽山的军需长得到了荣誉勋位十字勋章。因此，有钱人家设宴待客，莫罗夫妇没有一次不是座上的贵宾。普雷勒的本堂神甫和镇长，每天晚上都来莫罗家打牌。如果不是一个精明强干的人，要把自己的家变成一个这样舒服的安乐窝，那真是谈何容易！

一个贵妇人的女仆,如果有几分姿色,而且又会撒娇,结婚之后,总是喜欢模仿她的女主人,所以总管太太也把伯爵夫人的那一套照搬到乡下来了。她穿的是价钱奇贵的半筒靴,而且只有天气晴朗的时候才不坐车出门。虽然她丈夫只给她五百法郎买化妆品,但这个数目在乡下已经是一笔巨款了,尤其是在使用得当的时候。因此,这位头发金黄、容光焕发的总管太太,虽然将近三十六岁,还是显得娇小玲珑、苗条可爱,尽管生了三个孩子,还在故作少女的姿态,装出王妃的派头。当她坐着马车到丽山去的时候,如果碰到一个外乡人问道:"这是谁呀?"要是有个不识相的本地人回答说:"这是普雷勒的总管太太。"莫罗太太准会气得要命。她喜欢人家把她当作堡邸的女主人。在乡下,她喜欢装得像个贵妇人一样,以老乡的保护人自居。事实也已证明,她丈夫在伯爵面前说话能起作用,有点产业的人都不敢小瞧她,在农民眼里,她更显得是个大人物了。再说,艾斯黛尔(这是她的芳名)从来不管田产的事,就像证券经纪人的妻子不管证券交易一样,甚至连家务和财务也都要靠丈夫。她相信他有办法,万万没有想到,这样过了十七年的美好生活,还会受到什么威胁。可是,一听到伯爵打算修复豪华的普雷勒公馆,她觉得形势不妙,好景不长,就怂恿她的丈夫和莱杰暗中勾结,以便搬到亚当岛去住。在她旧日的女主人跟前,她又得恢复几乎是女仆的从属地位,那实在是太难堪了。再说,她的女主人看到她在小公馆里模仿贵妇人的体面生活,也会笑话她的。

雷贝尔家和莫罗家结下不可解的冤仇,是因为德·雷贝尔太太刺到了莫罗太太的痛处。雷贝尔家刚到这里的时候,莫罗太太怕这个娘家姓德·科鲁瓦的贵妇人一来,就会贬低她自己的地位，于是首先恶语伤人。德·雷贝尔太太也不示弱，向全乡人泄露了，也可能是揭穿了莫罗太太的老底。女仆这两个字立刻不胫而走，口口相传。在丽山、亚当岛、马伏利耶、香槟、内尔维尔、绍弗里、巴耶、穆瓦塞勒，那些看见莫罗一家就眼红的人，哪能不散布流言蜚语？结果雷贝尔太太点起的这一把火，不少火星都落到莫罗家里来了。因此四年来，雷贝尔夫妇一直受到漂亮的总管太太排挤，受到莫罗一伙的恶意攻击，要不是报仇的念头支持着他们，在这个地方他们是待不到今天的。

莫罗夫妇和建筑师葛兰杜关系很好，他们得到葛兰杜的通知，不久要来一位画师，给大画家施奈尔刚绘完的壁画的边缘加绘一些花草图案。施奈尔推荐的画师，就是和弥斯蒂格里同来的那个旅客。因此，两天以来，莫罗太太一直处在临战状态，可以说是引颈相望。一个艺术家在几个星期之内都要和她同席，当然会增加开销。施奈尔和夫人住在公馆里的时候，伯爵有过吩咐，要把他们当作伯爵大人一样款待。葛兰杜是和莫罗夫妇同席用餐的，他对这位大艺术家表现得如此崇敬，结果总管也罢，他的妻子也罢，对大画家都不敢随随便便，不拘礼节。加上当地的贵族阔佬，个个大摆宴席，争先恐后邀请施奈尔夫妇赏光，因此，莫罗太太对于座上客中有位画家，也非常引以为荣，就在地方上大吹大擂，把她所等待的画师，说成是一个能和施奈尔分庭抗礼的大艺术家，借以抬高自己的身价。

这位漂亮的总管太太在头两天已经换过两次新装，打扮得花枝招展，但是不要以为她就只有这两手，既然明知星期六艺术家要来吃晚饭，她怎么会不留一手花样翻新的高招呢？

所以她就穿上古铜色的半筒皮靴和苏格兰细纱袜,一件细条子的粉红长裙,腰间束一条有金扣的粉红雕花皮腰带,颈上挂一个小小的金质十字架,赤裸的胳膊上戴着丝绒花饰(德·赛里齐夫人也是这样袒露出她美丽的双臂的),这样一来,莫罗太太看起来就像是一位巴黎上流社会的贵妇人了。她还戴上一顶漂亮的意大利草帽,帽子上装饰着一束纳蒂埃花店买来的玫瑰,帽缘下露出珠帘似的金黄鬈发。她吩咐厨房做一顿精致的晚餐,再看了一遍房间里的陈设,然后装作散步似的走到大院的花坛前面,在马车经过的时候,恰好像堡邸主妇似的亭亭玉立在那里,头上还撑一把小巧玲珑的阳伞,阳伞也是粉红色的,里面衬了白绸,边上还有流苏。一见皮埃罗坦把弥斯蒂格里的千奇百怪的包裹搬进公馆的门房,而没有看到一个旅客露面,艾斯黛尔失望而归,懊悔她又白白地打扮了一番。像大多数存心打扮得像过节的人一样,她也闲得无聊,只好待在客厅里挨时间,等待丽山班车。班车虽然是下午一点钟才从巴黎出发,却只比皮埃罗坦晚一个钟头就经过这里。于是她又折回家去,却不知那两位艺术家此刻正在郑重其事地梳洗打扮哩。原来那位年轻的画师和弥斯蒂格里向园丁打听过情况,听到园丁对漂亮的莫罗太太赞不绝口,两个人都觉得必须好好化化妆(这是画室里的术语),就穿起他们最高级的服装来,准备去总管家登门拜访。带他们去的是莫罗的大儿子雅克,他是个胆大包天的孩子,穿着英国式漂亮的翻领上衣,放假期间住在他母亲当家做主的领地上,真是如鱼得水。

"妈妈,"他说,"施奈尔先生介绍的两位艺术家来了。"

客人意外的光临使莫罗太太格外高兴,她站起来,叫儿子给客人把椅子挪上前,就开始卖弄风骚了。

"妈妈,小于松也来了,和爸爸在一起。"孩子在母亲耳边又说了一句,"我去给你把他带来……"

"别忙,你们先一起玩玩吧。"他的母亲说。

仅从别忙这两个字,两个艺术家就看透了他们同车来的小旅伴是个微不足道的客人,这里面还透露出一个后母对继子的厌恶情绪。的确,莫罗太太结婚已经十七年,不会不知道总管对克拉帕尔太太和小于松的一片深情,她对这母子二人恨得如此露骨,连总管以前都不敢贸然把奥斯卡叫到普雷勒来。

"我的丈夫和我,"她对两位艺术家开口说,"我们是你们二位的东道主。我们很喜欢艺术,尤其喜欢艺术家,"她故作献媚的姿态,接着说道,"因此,请你们在这里不必客气。在乡下,你们二位知道,大家都是无拘无束,自由自在惯了的,否则,那就太没有意思了。我们曾经招待过施奈尔先生……"

弥斯蒂格里调皮地瞧瞧他的同伴。

"你们当然认识他啰?"艾斯黛尔停了一下,接着说道。

"谁不认得他呢,夫人!"画师答道。

"他是个吓吓有名①的大人物。"弥斯蒂格里接口说。

"葛兰杜先生提到过您的大名,"莫罗太太道,"可是我……"

"约瑟夫·勃里杜。"画师答道,他急于弄清楚他在和一个什么样的女人打交道。

弥斯蒂格里对漂亮的总管太太说起话来以东道主自居的口气,心里开始起了反感;但是他和勃里杜都在等着看一个泄

---

① 应该是"赫赫有名",弥斯蒂格里故意说成"吓吓有名"。

露天机的姿势,等着听一句暴露本来面目的言语,就是那种狗嘴里装象牙似的不伦不类的字眼。画家对可笑的人物是天生的冷眼旁观者,他们一见可笑的形象,立刻抓住不放,把它当作画笔的饲料。这两个艺术家头一眼就看见了艾斯黛尔的粗手大脚,原来她是圣洛附近的农家姑娘;然后,她一不小心又漏出了一两句女仆的口头禅,遣词造句,也和高雅的服装不太相称,于是画师和他的学徒马上抓住了狐狸尾巴;他们只递了个眼色,就彼此心照不宣,假装正正经经地和艾斯黛尔谈起话来,这样,他们可以称心如意地在这里住些日子。

"您喜欢艺术,夫人,说不定您自己对艺术也很有修养吧?"约瑟夫·勃里杜说道。

"不。我受的教育虽然还不算太差,但到底是商业性的;不过我对艺术的感情非常深厚细致,连施奈尔先生画完一张画,都要我去提提意见呢。"

"就像莫里哀请拉福蕾提意见一样。"弥斯蒂格里说。

莫罗太太不知道拉福蕾是个女仆,竟然欠身答谢,这暴露了她的无知,简直把挖苦当作恭维了。

"他怎么没有提出给您描一描?"勃里杜说道,"画家看见美人,总是馋得神魂颠倒的啊!"

"'咬一咬'①,这是什么意思?"莫罗太太好像一个受到冒犯的女王,怒形于色地质问道。

"这是画室里用的字眼,我们勾个头像,就说是画一幅素描。"弥斯蒂格里委婉地解释道,"我们只画美人的头像,因此

---

① 法语 croquer 本意是嚼、咬,但也作"素描"解,莫罗夫人不懂绘画,因而误解。

俗话说:恨不得一口把美人儿咽下去!意思就是她美得可以入画。"

"原来这个字眼还有来历!"她说道,并且卖弄风情地向弥斯蒂格里飞了一个媚眼。

"我的学生莱翁·德·洛拉先生,"勃里杜说,"画起像来真是惟妙惟肖。美丽的夫人,如果趁我们住在这里的时候,他能够给您留下纪念,画下您令人神魂颠倒的头像来,那真是他莫大的幸福了。"

约瑟夫·勃里杜对弥斯蒂格里使了一个眼色,仿佛是说:"好啦,再进一步吧!她已经有点意思了,这个女人。"看见这个眼色,莱翁·德·洛拉溜到长沙发上,挨到艾斯黛尔身边,握住她的一只手,她也就顺水推舟,让他握着。

"啊!为了给您丈夫一个意想不到的礼物,夫人,如果您愿意让我偷偷地画上几次,那我一定使出平生的本领,画出超人的杰作来。您是多么美丽,多么娇艳,多么令人倾倒!……有您这样的模特儿,一个没有才能的画家也会变成天才!您的眼睛里有取之不尽的……"

"我们还要把您亲爱的孩子们画进装饰图案里。"约瑟夫打断弥斯蒂格里的话头说。

"那还不如画在我的客厅里呢,不过,那是不是不太合适?"她用卖弄风情的神气瞧着勃里杜说。

"夫人,美人是画家崇拜的无冕之王,我们对她无不唯命是听。"

"这两个人真是可爱。"莫罗太太心里想,然后问道,"你们喜欢逛逛吗?黄昏时候,晚饭以后,坐着马车,在树林里……"

"哈!哈!哈!哈!哈!"弥斯蒂格里每听一句,就发出一声心醉神迷的大笑,"这样一来,普雷勒不是变成人间乐园了吗?"

"还有一个夏娃,一个金发的年轻美人做伴。"勃里杜跟着说。

莫罗太太得意扬扬,正神游于七重天上,忽然像风筝一样,被绳子一拉,又回到现实生活中来了。

"太太!"女仆像一颗子弹似的冲进来,口里喊道。

"什么事,罗萨莉,谁教你这样不等叫唤就擅自进来的?"

罗萨莉好像根本没有听见这句责问,就在女主人耳边说道:

"伯爵先生到公馆里来了。"

"他找我吗?"总管太太反问道。

"不,太太……可是……他要他的箱子和他房间的钥匙。"

"叫人给他好了。"她说时做出不耐烦的样子来掩饰她的慌张。

"妈妈,奥斯卡·于松来了!"她最小的儿子领着奥斯卡,口里喊道。奥斯卡脸红得像朵罂粟花,一见两个衣冠楚楚的画师,就不敢再往前走了。

"你到底来了,我的小奥斯卡,"艾斯黛尔绷着脸说,"你怎么不去换件干净衣服?"她根本不把他放在眼里,只打量了一眼就说,"你穿得这样邋遢,难道你母亲从来没有让你见过客人?"

"啊!"弥斯蒂格里毫不饶人地说道,"一个未来的外交官应该有点家当呀!……两套衣服总比一套好些①。"

---

① 从俗语"两个主意总比一个好些"变化而来。

"未来的外交官?"莫罗太太大声问道。

这时,可怜的奥斯卡含着眼泪,瞧瞧勃里杜,又瞧瞧莱翁。

"这是在路上开的一个小玩笑。"约瑟夫回答,他觉得奥斯卡怪可怜的,有心帮他渡过难关。

"小家伙想跟我们一样开玩笑,他也大吹牛皮。"弥斯蒂格里毫不容情地说,"现在,他却好像驴落平川了①。"

"太太,"罗萨莉又回到客厅门口说,"大人吩咐准备一桌八个人的晚餐,要在六点钟开饭。该怎么办?"

在艾斯黛尔和她的头号女仆谈话的时候,两个画师和奥斯卡面面相觑,吓得手足无措。

"大人,哪一位大人呀?"约瑟夫·勃里杜问道。

"就是德·赛里齐伯爵大人。"小莫罗回答。

"难道他也会坐公共马车来?"莱翁·德·洛拉说。

"啊!"奥斯卡说,"德·赛里齐伯爵总是坐四驾大马车的。"

"德·赛里齐伯爵先生是怎样来的?"当莫罗太太神魂不定地回到她的座位上时,画师向她问道。

"我也莫名其妙,"她说,"既不晓得大人为什么来,也搞不清楚他来干什么。偏偏莫罗又不在家!"

"大人请施奈尔先生到公馆去,"一个园丁来对约瑟夫说,"他请您赏光和他一起吃晚饭,也请弥斯蒂格里先生光临。"

"糟了!"学徒笑着说,"那个在皮埃罗坦的马车上给我们

---

① 这句成语原来是"受罪的灵魂",法文"灵魂"和"驴"音近,"受罪"和"平川"形近。

当作大阔佬的就是伯爵。俗话说得好：踏破铁鞋无益（觅）处。"

奥斯卡吓得呆若木鸡，一知道事实真相，他觉得他的嘴里比海水还要苦了。

"你还对他胡说什么他的妻子有情人，他有什么不可告人的疾病哩！"弥斯蒂格里对奥斯卡说道。

"你们说什么呀？"总管太太看着这两个艺术家边走边笑奥斯卡的样子，不禁叫了起来。

奥斯卡好像雷劈了一般，目瞪口呆，一言不发，不管莫罗太太怎样质问，抓住他的胳膊使劲地捏，拼命地摇，他仍然什么也听不进去。最后，莫罗太太一无所得，只好让他待在客厅里，因为罗萨莉又来叫她，说要桌布餐巾，要银质餐具，还要她亲自去督促下人执行伯爵吩咐办的杂事。仆人、园丁、门房和他老婆，大家全都穿梭一般来来往往，忙得不可开交，因为主人突然从天而降了。

的确，伯爵在"地窖"下车之后，顺着一条他认识的小路往上走，早在莫罗之前，就已经到了护林人住的房子。护林人一见自己真正的主人，不禁愕然不知所措。

"莫罗是不是在这里？这不是他的马吗？"德·赛里齐先生问道。

"不在，大人；不过，他晚饭前要到穆利诺去，所以把马留在这里，等他在公馆里办完事再来。"

护林人不知道这个回答的重要性。在目前的情况下，在一个明眼人看来，这等于证明了伯爵所怀疑的一切。

"如果你还在乎你这个差事的话，"伯爵对护林人说，"你就赶快骑这匹马到丽山去，我要写个条子，你去交给马格隆先生。"

伯爵走进房子,写了几个字,把字条折起来,折得不可能偷偷拆开而不被发觉,他一见护林人上了马,就把条子交给他。

"不准对任何人提这件事!"他说。"至于你呢,太太,"他又对护林人的老婆说,"要是莫罗找不到他的马,觉得奇怪,你就对他说,是我骑走了。"

于是伯爵匆匆朝花园走去,他做了个手势,花园的铁栅门就打开了。虽然一个人对宦海浮沉、感情起伏、算计失误都已经习以为常,但是到了伯爵这个年龄还能谈情说爱的人,对于背信弃义的事,反倒没有什么准备。德·赛里齐先生多么不愿意相信自己是受了莫罗的骗啊!马车到达圣布里斯的时候,他还以为莫罗不是莱杰和公证人的同伙,只不过是给他们拉了过去而已。因此,在客店门前,当他听到莱杰老爹和客店老板谈话的时候,他还只想好好申斥他的总管一顿,就宽恕他算了。奇怪的是,自从奥斯卡当众泄露这位拿破仑的行政官光荣地积劳成疾的隐私之后,他的心腹人的背信弃义行为反倒只成了一段不值得放在心上的插曲。如此严格保守的秘密只可能是莫罗泄露出去的,他不是同德·赛里齐夫人往日的侍女,就是同督政时代的美人嘲笑过他的恩人。因此,走上这条近路的时候,这位法兰西贵族议员,这位国家大臣,竟像个年轻人一般哭了起来。他已经流尽他最后的眼泪了!但一个人的各种感情同时受到这样厉害、这样沉重的打击,连这位如此沉得住气的大人物走进花园的时候,也显得像一只受了伤的野兽了。

当莫罗来问到他的马时,护林人的老婆回答说:

"伯爵先生刚骑走了。"

"谁呀!伯爵先生吗?"他大声问道。

"德·赛里齐伯爵大人,我们的东家,"她说,"他说不定已经在公馆里了。"她又说了一句,免得总管多问。总管对这件事一点摸不着头脑,转身就向公馆走去。

但是他马上又折了回来,因为他的东家不告而来,行动反常,他总觉其中必有缘故。他再来找护林人的老婆打听,把她吓坏了。她觉得自己在伯爵和总管之间左右为难,好像给老虎钳夹住一般,爽性关起门来,躲在房里,要等丈夫回家才肯开门。莫罗越来越心神不定,虽然他穿的是长筒靴,也赶快跑到门房来,这才打听到伯爵正在更衣。他又碰到罗萨莉,她对他说:

"大人请了七个客人吃晚饭……"

于是莫罗朝自己的房子走去,忽然看见饲养家禽的女仆在和一个漂亮的年轻人拌嘴。

"伯爵先生吩咐了,要请米纳的副官,一位上校!"这个可怜的女仆叫道。

"我可不是上校呀。"乔治答道。

"那您是不是乔治呢?"

"什么事呀?"总管插进来说。

"我叫乔治·马雷斯特,我父亲是圣马丁大街有钱的五金批发商,我是公证人克罗塔先生的第二帮办,是克罗塔先生派我到德·赛里齐伯爵先生这里来的。"

"嗐,我只是照大人吩咐的讲:'如果有一个叫作采尔尼-乔治的上校来了,就请他在接待室等一等。他是米纳的副官,坐皮埃罗坦的马车来的。'"

"跟爵爷可不能随便闹着玩,"总管说,"去吧,先生……不过,大人怎么没有通知我就来了?伯爵先生又怎么会知道您是坐皮埃罗坦的马车来的呢?"

"不消说,"帮办答道,"伯爵是和我同车来的,要不是一个年轻人客气地让座的话,他还得在皮埃罗坦的马车上当兔子呢!"

"在皮埃罗坦的马车上当兔子?……"总管和饲养家禽的女仆叫起来。

"我敢这样说,就是根据这个姑娘刚才讲的话。"乔治·马雷斯特又说。

"怎么回事?……"莫罗问道。

"啊!事情是这样的,"帮办大声说,"为了骗骗同车的旅客,寻寻开心,我捏造了一大堆关于埃及、希腊和西班牙的故事。因为我皮靴上有马刺,我就冒充骑兵上校,这不过是说来逗笑而已。"

"我问您,"莫罗说道,"您说伯爵先生和您同车而来,您说说他的模样看。"

"那好说,"乔治道,"他的脸红得像耐火砖,头发完全白了,眉毛却是黑的。"

"那正是他!"

"那我可完蛋啦!"乔治·马雷斯特说。

"为什么呢?"

"我拿他的勋章开过玩笑。"

"那不要紧!他不会计较的,您说不定倒使他乐了。快到公馆去吧,"莫罗说,"我也要去见大人。伯爵先生是在什么地方和您分手的?"

"在山坡上。"

"我简直弄糊涂了!"

"话说回来,我只是拿他开了开玩笑,并没有得罪他。"帮办自言自语说。

"您来干什么的?"总管问道。

"我带来了穆利诺的卖田文契,只等签字了。"

"我的天!"总管叫道,"我真的莫名其妙了。"

莫罗在他主人门上敲了两下,他听见门内说:

"是您吗,莫罗先生?"

那时,他觉得他的心简直跳得受不了。

"是的,大人。"

"进来吧!"

伯爵换了一条白色长裤,一双精致的长筒靴,一件白背心和一件黑上衣,上衣右边闪耀着荣誉勋位大十字勋章;左边扣眼里挂着带金链的西班牙金羊毛勋章。蓝色的勋章饰带在白背心上更加显得光彩夺目。伯爵自己梳了头发,这样盛装当然是要对马格隆聊尽地主之谊,说不定也是要用自己的气派来对他施加影响。

"怎么样,先生,"伯爵让莫罗站在面前,自己坐着说道,"没办法和马格隆订约吗?"

"目前要买他的田产,他会要大价钱。"

"不过,他自己为什么不肯来呢?"伯爵假装寻思地说。

"他病了,大人……"

"是真的吗?"

"我去过……"

"先生,"伯爵显出严厉得可怕的样子说,"要是一个您信任的人看见您包扎伤口,您叫他保守秘密,他却在一个下贱的女人面前拿这件事开玩笑,您说该怎么办?"

"该痛打他一顿。"

"要是他还辜负了您的信任,偷窃了您的钱财,那又该怎么办?"

"那就该当场抓住他,罚他去做苦工。"

"您听我说,莫罗先生!您一定是在克拉帕尔太太家里谈过我的疾病,并且同她一起嘲笑过我对德·赛里齐伯爵夫人的爱情;因为今天早上,小于松当着我的面,在公共马车里谈了一大堆我治病的情况,天知道他用的是些什么字眼!他居然敢诬蔑我的妻子。还有,莱杰老爹也坐皮埃罗坦的马车从巴黎回来,他亲口谈到您和他,还有丽山的公证人一起制订的关于穆利诺田产的计划。您刚才到马格隆先生家里去,那也只是去叫他装病;其实他没有什么病,马上会来吃晚饭,我正等着他呢。好啦,先生,您十七年里赚了二十五万法郎,这一点我原谅您……我也能理解您。其实,您背地里拿走的,或者是私下里接受的,如果您公开对我说,我都会给您的:因为您也有家室之累嘛。即使您受贿舞弊,我想,您也不会比别人更坏……但是,您明知我为国操劳,为法兰西、为皇帝日以继夜地工作,不分冬夏,每天多达十八小时;您明知我多么爱德·赛里齐夫人,怎能当着一个孩子的面胡说八道?怎能把我的隐私,把我的深情给于松太太当笑料……"

"大人……"

"这是不可原谅的。损害一个人的利益,这还不算什么;但是伤一个人的心!……啊!您知道您干的什么好事!"

伯爵双手捂住脸孔,好一阵说不出话来。

"您拿走了的东西,我不会要回来,"他接着说,"但是我要把您忘掉。为了自尊心,为了我,也是为了您的面子,我们客客气气地分手吧,因为我现在还记得您父亲帮过我父亲的忙。您要好好向德·雷贝尔先生交代,由他来接替您。您要像我一样平心静气。不要出丑给傻瓜看。尤其是不要失身份,也不要故意刁难。您虽然失掉了我的信任,也不能有失体统。至于那个几乎把我气死的小鬼,不许他住在普雷勒!让他住旅店去!要是让我再看见他,我就忍不住要发脾气。"

"我不配得到大人这样宽大的处理,"莫罗含着眼泪说道,"但是,假如我一点都不诚实的话,我现在可能有五十万法郎的财产;不谈这点,我想详细地给您开一张我的财产清单。但是,我特别要向大人禀明的,是我和克拉帕尔太太谈到您的时候,绝没有半点嘲笑的意思;恰恰相反,我表示的只是一片惋惜之心,我问她是不是知道什么民间流传的、不为医生所知的秘方……我在孩子面前谈过您的爱情,但那也是在他睡着了的时候(现在看来,他却听见了我的谈话),而且始终用的是充满敬爱的言辞。不幸我的疏忽大意像犯罪一样受到了惩罚。虽然我罪有应得,但还是希望您明了事情的真相。啊!我和克拉帕尔太太谈起您来,说的都是心坎里的话。最后,您还可以问问我的妻子,我们之间从没有谈过这类事情……"

"不要啰唆,"伯爵深信不疑地说道,"我们并不是小孩子;过去的一切已不能挽回。还是去安排一下您的和我的事务吧。您可以在这里住到十月。德·雷贝尔夫妇就要搬到公馆里来;你们一定要好好相处,即使你们彼此怀恨在心,也要顾全面子。"

伯爵和莫罗一同走出来,莫罗脸色雪白,就像伯爵的头发一样,伯爵却像没事人一般,令人肃然起敬。

这时,一点钟从巴黎开往丽山的班车停在铁栅门口,把公证人克罗塔送到了公馆。他按照伯爵的吩咐在客厅里等候,却发现他的帮办非常尴尬地和两个画师待在一起,三个人都因为冒充过名人而感到局促不安。德·雷贝尔先生是一个年约五十岁、面孔不讨人喜欢的汉子,他同马格隆老头和丽山的公证人一起来了,公证人还带了一沓文件和地契。大家看见伯爵穿着国家大臣的服装出现的时候,乔治·马雷斯特吓了一跳,约瑟夫·勃里杜有点发抖;而弥斯蒂格里因为穿了好衣服,加上他又问心无愧,所以照常大声说道:

"哟,这么一来,他真是体面多了。"

"小顽皮,"伯爵扯着他的耳朵,把他拉过来说,"让我们两个一起来挂勋章①吧。"伯爵又指着天花板上的图画,对画师说:"您认出了您自己的作品吗,我亲爱的施奈尔?"

"大人,"画师答道,"我不该瞎说,冒充名人,窃取荣誉;不过从今以后,我倒要尽心竭力,为尊府锦上添花,同时也为约瑟夫·勃里杜这个名字增光。"

"您也为我说过话,"伯爵赶快说,"我希望您能赏光,和我一道用晚饭,还有聪明伶俐的弥斯蒂格里。"

"大人不知道这会给您惹什么麻烦,"放肆的小徒弟满不在乎地说道,"饥饿起道(盗)心啊!"

---

① "挂勋章"和"画装饰画"是同一个词,伯爵一语双关,暗指弥斯蒂格里把他称作"装饰师"的事。

"勃里杜!"大臣忽然想起一个人来,就高声问道,"您和一个赤胆忠心、为帝国捐躯的师长,是不是亲戚?"

"我是他的儿子,大人。"约瑟夫鞠躬答道。

"欢迎欢迎,"伯爵双手拉住画师的手说道,"我认识您的父亲,您可以把我当作一个……美洲来的叔叔①。"德·赛里齐先生微笑着说,"不过您太年轻,要收徒弟还不够资格:那么,弥斯蒂格里是谁的得意门生呢?"

"是我朋友施奈尔的高足,临时借来帮我忙的。"约瑟夫接着说,"弥斯蒂格里的真名实姓是莱翁·德·洛拉。大人,既然您还记得我父亲,那就请您关照关照他那个被控谋反,受到贵族院传讯的儿子吧……"

"啊!是有这么回事,"伯爵说道,"我会留意的,您放心吧。"伯爵一面朝着乔治走去,一面说:"至于采尔尼-乔治亲王,阿里总督的朋友,米纳的副官……"

"他吗?我的第二帮办!"克罗塔叫起来。

"您弄错了,克罗塔大师,"伯爵带着严肃的神气说道,"一个将来要做公证人的帮办,怎么会把重要文件随便放在公共马车上让人捡走!一个打算做公证人的帮办,怎么会从巴黎到穆瓦塞勒路上花掉二十个法郎!一个打算做公证人的帮办,怎么会冒充叛徒、不怕拘捕……"

"大人,"乔治·马雷斯特说,"我本来只想哄哄那些同路的老板们,寻寻开心,不想……"

"不要插嘴。"他的老板用胳膊肘重重地捅了他一下

---

① 美洲来的叔叔,法国喜剧中经常出现的人物,一个年轻人欠债,往往有一个在美洲发了财的叔叔来替他还债。

说道。

"一个公证人从来就不应该随便说话,而要谨慎小心,绝不能把一个国务大臣错当作卖蜡烛的杂货商……"

"我承认错误,但我没有把文契丢在车上……"乔治说道。

"您现在又犯了一个错误,那就是想在一个国务大臣,一个法兰西贵族议员,一个贵人,一个长者,一个主顾面前抵赖错误。那好,您就找出您的卖田文契来吧!"

帮办在他的公文包里乱翻了一通。

"不要乱翻您的文件了,"国务大臣从衣袋里拿出那张文契来说,"您要找的东西在这里。"

克罗塔把那张文契翻来覆去看了三遍,觉得莫名其妙,文件怎么会落到他高贵的主顾手里。

"这是怎么回事,先生……?"公证人问乔治。

"要是我不把它拿来,"伯爵接着说道,"莱杰老爹可不像您想象的那么蠢,他向您提出的耕作问题,不也说明了一个人应该随时想到自己的本行吗?要是我不把文契拿来,莱杰老爹就可能顺手把它拿去,并且猜到我的计划……算了,我也请您赏光,和我一道用晚饭吧,不过有个条件,您得给我们讲完那个士麦那的穆斯林被判死刑的故事,大约您在某个主顾的案情公布之前,已经读过他的案情实录,那就给我们把故事讲完吧。"

"用军棍来对付牛皮。"莱翁·德·洛拉低声对约瑟夫·勃里杜说。

"诸位先生,"伯爵对丽山的公证人、克罗塔、马格隆和德·雷贝尔说,"请到那边去吧,我们先订契约再用晚饭;我的朋友弥斯蒂格里说得对:挤奶也该恰到好处呀。"

"哟,他真是宽宏大量。"莱翁·德·洛拉对乔治·马雷斯特说。

"是的,可惜我的老板没有这么宽宏大量,他会打发我到别的地方吹牛去的。"

"那怕什么!您不是喜欢旅行吗?"勃里杜说。

"那个小家伙可要挨莫罗先生和太太一顿臭骂了!……"莱翁·德·洛拉叫道。

"那是个小傻瓜,"乔治说,"要不是他,伯爵本来也许会觉得蛮有意思的。不过反正都一样,这是一个教训,要是以后我再在公共马车上胡说八道呀!……"

"啊!那未免太蠢了。"约瑟夫·勃里杜说。

"也未免太俗气了,"弥斯蒂格里说,"何况言多必有矢(失)呢!"

马格隆先生和德·赛里齐伯爵在双方的公证人协助下处理买卖田产的事务,德·雷贝尔先生也在场,而这时候前任总管却慢步朝他的小楼走去。他视而不见地走进去,在客厅里的长沙发上坐下。小于松看见他母亲的恩人脸色惨白,吓得躲在一个角落里,怕他看见。

"怎么,我的朋友,"艾斯黛尔忙了半天,相当疲乏地走进来说,"你怎么啦?"

"我亲爱的,我们完蛋了,而且没有挽救的余地。我不再是普雷勒的总管了!我失去了伯爵的信任!"

"那是怎么搞的?……"

"莱杰老爹坐皮埃罗坦的马车来,他让伯爵知道了穆利诺事情的真相;不过,使我的保护人疏远我的,还不是这气,手也格外有劲,一下就把他推倒在地。奥斯卡僵得像根木桩,发出一声牛哞,就倒在伯爵跟前了。伯爵那时刚办好购买穆利诺田产的手续,正要陪客人到餐厅去。

"跪下!跪下!该死的东西!赶快请求大人宽恕。不是大人帮你弄到中学的官费补助,你哪里来的钱读书!"莫罗叫道。

奥斯卡的脸伏在地上,好像是气疯了,一句话也不说。大家都在为他担心。莫罗再也不能控制自己,因为充血,脸涨得通红。

"这个年轻人太虚荣,"伯爵白白地等了一会儿,奥斯卡还是毫无悔过之意,伯爵就说,"一个骄傲的人也有低头认错的时候,因为低头认错有时反而是一个人高尚的表现。我怕这个孩子不会有什么大出息。"

于是国务大臣就出去了。

莫罗又把奥斯卡拉起来,带回家去。当马夫给他备马套车的时候,他给克拉帕尔太太写了下面这封信:

> 我亲爱的:奥斯卡坏事了。今天早上,他坐皮埃罗坦的马车来,和微服出行的伯爵大人同车。他当着大人的面谈了伯爵夫人的轻浮行为,还泄露了大人由于工作繁重、不断熬夜而得的可怕疾病。伯爵把我解职了,还吩咐我不许留奥斯卡在普雷勒居住,要我打发他回家去。因此,为了遵从他的命令,我现在就把我的马套上我妻子的马车,要我的马夫勃罗雄把这个倒霉的小家伙给你送回去。我的妻子和我,我们都很苦恼,这点不用我来描述,你也可以想象得到。再过几天,我会去看你的,因为我要另找出路。我有三个孩子,不得不为将来打算,但是我还

件事……"

"那是什么事呢?"

"奥斯卡说了伯爵夫人的坏话,还当众泄露了大人的病情……"

"奥斯卡吗?……"莫罗太太叫道,"你这叫作罪有应得,我亲爱的。这就是你在怀里养蛇的报应!……我对你说过不知多少遍……"

"不要说了!"莫罗用嘶哑的声音喊道。

这时,艾斯黛尔和她丈夫发现奥斯卡缩在一个角落里。莫罗像老鹰抓小鸡似的扑向这个倒霉的孩子,一把抓住他那件小小的橄榄色上衣的领子,把他揪到玻璃窗前。

"说!你在马车里究竟对大人说了些什么?哪个魔鬼叫你嚼舌头的?而我每次问你话的时候,你却总是木头木脑。你到底打的什么主意?"总管说话的样子凶得吓人。

奥斯卡吓得哭都哭不出来,只是一言不发,一动不动,好像一座雕像。

"快去请求大人宽恕!"莫罗说道。

"难道大人还会把这样一条毛虫放在心上?"艾斯黛尔气冲冲地叫道。

"去,快去公馆!"莫罗又说。

奥斯卡像一团烂泥似的倒在地上。

"你到底去不去?"莫罗的火气越来越大了。

"不去!不去!饶了我吧!"奥斯卡叫道,他不愿去低头认罪,在他看来,这比死还难受。

于是莫罗抓住奥斯卡的衣服,像拖死尸一样拖过几个院子,不管他又哭又叫,还是把他拖上台阶,拖进客厅,因为生

莫罗抓住奥斯卡的衣服，一下就把他推倒在地。

没有决定做什么好,我的打算是要给伯爵瞧瞧:一个像我这样的人,给他干了十七年,到底配得到什么报酬。我已经有了二十六万法郎,希望有朝一日,我的财产能够使我不再处在大人之下。现在,我觉得我简直能够推翻大山,克服重重困难。一场这样大的屈辱可以变成多么大的动力啊!……奥斯卡的血管里流的到底是什么血液?对于他,我真是不敢恭维,他的行为像个蠢材:就在我写信的时候,他还是说不出一句话来,也不回答我妻子和我提的问题……他会不会变成一个傻瓜?或者已经是一个傻瓜了?亲爱的朋友,难道在他出门之前,你没有叮嘱他一番?假如你照我说的那样陪他同来,那就可以免得我遭殃了!即使你怕见艾斯黛尔,你也可以待在穆瓦塞勒呀。但是,事情已经如此,再说也没有用。再见,希望不久就能会面。

你忠实的仆人和朋友

莫罗

晚上八点钟,克拉帕尔太太刚同丈夫散步回来,家中只点了一支蜡烛,她就在烛光下给奥斯卡织冬天的袜子。克拉帕尔先生在等一个名叫波阿雷的朋友,他有时来和他打骨牌,克拉帕尔先生从来不敢斗胆去酒吧间消磨晚上的时光。因为他的收入不多,花钱总要精打细算,而酒吧间的饮料名目繁多,老主顾们又会撺掇捉弄,一旦身临其境,恐怕他会不由自主开怀畅饮的。

"我怕波阿雷已经来过了。"克拉帕尔对妻子说。

"我的朋友,要是他来过了,门房会告诉我们的。"克拉帕尔太太答道。

"她也可能忘记告诉我们。"

"你为什么觉得她会忘记呢?"

"她忘记我们的事难道是头一回吗?谁叫我们没有车马随从呢?难怪人家不把我们放在眼里了!"

"算了,"可怜的女人想要避免无谓的争吵,就换个话题说,"奥斯卡现在在普雷勒了,在那个美丽的地方,有那么美丽的花园,他会很幸福的……"

"对,等着他的好消息吧,"克拉帕尔回嘴说,"他不出乱子才怪呢。"

"你为什么总跟他过不去?他什么事得罪了你?唉!我的天,如果有朝一日,我们能过上好日子,说不定都得靠他哩,因为他心眼好……"

"要等这个小鬼出头,恐怕我们的骨头早已烂了!"克拉帕尔叫道,"除非他能脱胎换骨!你还不了解你自己的儿子呢,他又吹牛,又说谎,又懒惰,又无用……"

"你出去看看波阿雷先生来了没有?"可怜的母亲惹来一顿臭骂,伤心地说道。

"他在班上从来没得过奖!"克拉帕尔叫道。

在一般市民看来,在班上得了奖,就肯定说明一个孩子有光明的前途。

"你得过奖吗?"他的妻子反问道,"而奥斯卡考哲学,还得过第四名呢。"

这一问问得克拉帕尔半晌说不出话来。

"这样说来,莫罗太太会像钉子一样喜欢他啰,你知道她会把他钉到哪里去……她会使他变成她丈夫的眼中钉……奥斯卡还想做普雷勒的总管!……那也该会测量,懂得耕种呀……"

"他可以学会的。"

"他吗？我的小猫！我们打个赌吧：即使他捞得到那个差事，不出一个星期，要是他不做出几件蠢事，叫德·赛里齐伯爵打发他滚蛋，那才怪呢！"

"我的天呀！你怎么这样恨他，巴不得他没出息？你怎么不看看他的长处？他的脾气多好，像天使一般和气，没有害人的坏心眼。"

正在这时，马车夫挥舞马鞭的噼啪声，马车疾驰的辘辘声，两匹马停在大门前的踢蹬声，把樱桃园街闹翻了天。克拉帕尔听见人家的窗户都打开了，就走到楼梯口的平台上看看。

"马车给你把奥斯卡送回来了！"他叫道，在惶惶不安的外表之下，隐藏着幸灾乐祸的心情。

"啊！我的天呀，出了什么事啦？"可怜的母亲说道，她浑身发抖，就像秋风中的一片树叶。

勃罗雄上来了，后面跟着奥斯卡和波阿雷。

"我的天呀！出了什么事啦？"母亲又问马车夫道。

"我也不晓得，只知道莫罗先生不再做普雷勒的总管了；据说都是你家少爷干的好事，伯爵大人吩咐把他送回家来。此外，这里有倒霉的莫罗先生给你的信，太太，他看上去变了样，真叫人害怕……"

"克拉帕尔！倒两杯酒给马车夫和波阿雷先生。"母亲说道，她倒身坐在一把软椅上，读起这封要命的信来。"奥斯卡，"她拖着两腿走向床边说道，"你难道要气死你母亲吗？……今天早上，我是怎样叮嘱你来的！……"

克拉帕尔太太话还没有说完，就难过得晕倒了。奥斯卡

却还是呆头呆脑地站着。克拉帕尔太太苏醒过来的时候,听见她丈夫摇着奥斯卡的胳膊问道:

"你到底回答不回答?"

"睡觉去吧,少爷。"她对她的儿子说道。

"让他去吧,克拉帕尔先生,不要把他逼疯,他那样子够吓人的了。"

奥斯卡没有听见他母亲说的这句话,他一听到母亲叫他去睡,便立刻走了。

经过了一个如此变幻莫测、心情激荡的日子,奥斯卡又犯了大错,却居然心安理得地睡了一大觉,凡是记得自己青春往事的人,对此是不会大惊小怪的。第二天,奥斯卡发现自己的本能并没有像他所想象的那样发生变化。头一天他还不肯忍辱偷生,现在竟然觉得肚子饿了,这使他感到诧异。其实,他不过是精神上吃了一点苦头罢了。在他这个年龄,心灵得到的印象一个接着一个,来得太快,无论头一个印象多么深刻,也不会不被后一个印象冲淡的。因此,体罚制度近来虽然受到一些慈善家的强烈抨击,但在某些情况之下,对于儿童说来,还是必不可少的;再说,体罚也是自然的需要,因为人的本能就是如此,一定要感到痛苦,所受的教训才会在记忆中留下不可磨灭的印象。头一天奥斯卡心灵上受到的羞辱可惜转瞬即逝。假如在羞辱之外,总管再加以痛苦的体罚,也许这个教训才能收到圆满的效果。可是必须辨别在什么情况之下才能运用体罚,运用不当,反而使人振振有词地反对体罚;因为本能虽然不会出错,而执行体罚的教师却难免不出偏差。

克拉帕尔太太考虑得很周到,特意把丈夫打发出去,好和儿子单独待在一起。她现在的样子真是可怜:她泪眼模糊,脸孔由于彻夜不眠而憔悴不堪,声音微弱低沉,一切都叫人看了心酸,显示出无以复加的悲痛,这种打击是她再也经受不起第二次的。看见奥斯卡进来,她就招呼他在身边坐下,并且用温柔而感人肺腑的声调,对他谈起普雷勒总管的厚道行为。她对奥斯卡说,尤其是最近六年以来,她全靠莫罗多方设法周济,才能维持生活。克拉帕尔先生的职位和奥斯卡上学所享受的半官费补助,都是靠德·赛里齐伯爵的力量才弄到的,如今克拉帕尔迟早要被辞退,而那笔半官费补助也会停发。克拉帕尔又没有资格领退休金,因为他在财政部和市政厅的供职年限都还不够。等到克拉帕尔丢掉了他的饭碗,他们一家人怎么办呢?

"我自己呢,"她说,"只要我去看护病人,或者到大户人家去帮佣,总还可以挣碗饭吃,并且养活克拉帕尔先生。但是你呢,"她对奥斯卡说,"你怎么办? 你没有财产,一定要自己去挣钱,才能维持生活。对于像你这样的年轻人,只有四条正当的出路:做生意,当职员,自己开业或者当兵。随便做什么生意都要有本钱,我们却没有钱可以给你。没有本钱,年轻人就要忠实可靠,精明能干,做起生意来,要特别稳重,而你昨天的言行,却使人不敢相信你在这方面能够有大发展。要进政府机关当职员,一定要经过长期的实习,还要有得力的后台,而你却得罪了我们唯一的、有权有势的靠山。再说,即使你有非凡的本领,不管做生意也好,当职员也好,都能出人头地,但在实习的阶段,哪里来的钱给你吃饭穿衣呢?"说到这里,这个母亲像普天之下的娘儿们一样,不禁啰啰唆唆地诉起苦来:没有莫罗利用普雷勒总管的职权给她大开方便之门,送上接济她的实物,她将来怎么办呢? 而使她的恩人倒运背时的,偏偏又是奥斯卡！因为她负担不起,她的儿子就不能指望做生意或者是当职员,那剩下来的出路就只有自己开业当公证人、律师、诉讼代理人或执达员了。但是这得先学习法律,读三年书,而交注册费、考试费、讲义费、文凭费,又要花上一大笔钱;何况想领执照的人很多,没有高人一等的本领,也不容易露头角;说来说去,怎样才供得起奥斯卡读书,始终是个问题。

"奥斯卡,"她最后说,"我本来希望你能为我争口气。我这辈子到了晚年,还在吃苦受罪,总指望你能找到一条好出路,选择一门好职业,将来有出头的日子,所以,我六年来省吃俭用,也要维持你上中学,虽然你有半官费补助,每年还是要花掉我们七八百法郎。现在我的希望破灭了,你的前途真叫我担心！我不能在克拉帕尔先生的薪水里拿出一文钱来,用在不是他亲生的儿子身上。你打算怎么办呢？你的数学不够好,不能进技术专科学校,即使能进,我又到哪里去弄三千法郎的寄宿费呢？生活就是这个样子,我的孩子！你也十八岁了,身体还算结实,那就当兵去吧,这是你挣饭吃的唯一出路了……"

奥斯卡对人生还茫然无知。像那些受到小心照顾、不知道家庭困难的孩子一样,他还不懂得发财致富的重要性,也不晓得做生意是怎么回事,更不觉得当职员有什么了不起,因为他不了解这些出路对他意味着什么;所以他只是乖乖地听着,甚至做出惭愧的样子,其实,母亲的谆谆教诲他一点没听进去。虽然如此,一想到要当兵,看到母亲眼里的泪水,这孩子也哭了。克拉帕尔太太一看见奥斯卡脸上的泪痕,心又软了下来;普天下做母亲的碰到这种情况,都会像克拉帕尔太太这样,赶快找几句话来收场,可怜她们不但自己痛苦,还得为孩子们的痛苦而痛苦。

"好了,奥斯卡,答应我以后凡事都要谨慎小心,不再随便说话,不要逞强好胜,不要……"

母亲说什么,奥斯卡就答应什么,克拉帕尔太太反而怪自己教子太严,温和地把他拉到身边,又吻起他来。

"现在,"她说,"你要听妈妈的话,照我说的去做,因为母亲总是给儿子出好主意的。我们明天到你姑父卡陶家里去。这是我们最后的指望了。卡陶受过你父亲的大恩,还和你姑姑于松小姐结了婚,得了一大笔陪嫁,那在当时是个大数目,使他的绸缎铺发了大财。我想,他会把你安插到卡缪索先生铺子里去的,卡缪索是他的女婿和继承人,住在布尔东奈街……不过,你要知道,你的卡陶姑父也有四个子女。他把他的'金茧'绸缎铺给了大女儿卡缪索太太。卡缪索虽然有百万家财,他的前妻、后妻也给他生了四个子女,而且他几乎不知道有我们这家穷亲戚。卡陶的二女儿玛丽亚娜嫁给普罗泰兹-希弗维尔商行的老板普罗泰兹先生。大儿子是公证人,开事务所花了四十万法郎;二儿子约瑟夫·卡陶刚和玛蒂法药房攀了亲。因此,要是你的卡陶姑父不肯帮你的忙,那也是情有可原的,何况他一年也不过见你四次面。他从来不到我们这里来看我;虽然我当年服侍皇太后的时候,他常来宫中找我,要我帮他向皇亲国戚、皇帝陛下以及宫廷大臣们推销他的绫罗绸缎。现在,卡缪索一家却充起保王党来了。卡缪索前妻的儿子娶了一个王室侍从官的女儿。世界上的人真会卑躬屈节,见风使舵!你看,他们多么能干,在帝国时代,他们做皇室的生意;到了波旁王朝,'金茧'绸缎铺又做上了王室的生意。明天,我们去看看你的卡陶姑父吧。我希望你去了规规矩矩,不乱说乱动;因为,我再说一遍,这是我们最后的一点指望了。"

冉-热罗姆-赛弗兰·卡陶先生做鳏夫已经六年了。于松小姐当年嫁给他的时候,正是她那当宫廷供应商的哥哥的全盛时期,他给了她十万法郎现款作陪嫁。卡陶本是巴黎一家最老的"金茧"绸缎铺的大伙计。一七九三年,他的老板们由于限价政策,彻底破产。他趁机买下了绸缎铺;于松小姐的陪嫁使他在十年之内发了一笔大财。为了使他的子女都成家立业,他想出一个好办法:在他妻子和他自己名下存了三十万法郎的终身年金,有三万法郎年息。然后把他的资产分成三份,每份四十万法郎,分给他的子女。"金茧"绸缎铺是大女儿的嫁妆,也折价四十万法郎,卡缪索当然同意了。因此,这个老头虽然快七十岁了,却能放心大胆每年花掉三万法郎,而不致损害他子女的利益;他们也都已自立门户,过着优裕的生活,父母子女之间的感情,没有掺杂一点贪图钱财的念头。卡陶姑父住在巴黎市郊美城区、库尔蒂耶上首的一栋高级住宅里。他每年花一千法郎,在二楼租了一套坐北朝南的房间,可以俯瞰塞纳河流域,还有一个专用的大花园;因此,虽然这所郊区的大房子里还住了另外三四家房客,他也不大在乎。房子的租期很长,他可以安心在那里度过他的晚年,不过他的生活还相当节俭,只有他的老厨娘和已故的卡陶太太的女仆服侍他。她们指望在他去世以后,每人能够得到他遗赠的五六百法郎年金,所以平时不敢揩他的油。这两个女用人伺候她们的主人真是无微不至,因为谁也不像他这样省事,这样马虎,她们伺候他也就越发周到。他住的那套房子还是已故的卡陶太太生前布置的,六年来一直维持原状,老头子对此心满意足;其实他在这里花的钱,一年还不到一千金币,因为他每个星期要在巴黎吃五顿晚饭,每天半夜才从库尔蒂耶卡他经常光顾的那家马车行租一辆马车回来。因此,厨娘只消做顿午饭就够了。这个老好人每天十一点钟用午饭,饭后就换衣服,打扮得香喷喷的到巴黎去。老板们一般是打算进城吃晚饭才关照家里一声;卡陶老头却与众不同,他只有回家吃晚饭才打个招呼。这个小老头又矮又胖,身体结实,脸色红润,永远像人家说的那样,打扮得无懈可击,这就是说,老是穿黑色丝袜,丝绸裤子,白细布背心,鲜艳的衬衫,深蓝的上衣,紫色的丝手套,鞋子上和裤子上都钉着金纽扣,头发上扑一点粉,小辫子上还系一条黑丝带。他脸上引人注目的是两道荆棘般的浓眉,下面闪烁着灰色的眼睛,还有一个又长又大的方鼻子,看起来活像从前靠俸禄供养的神甫。他的外貌说明了他的内心。卡陶老头的确是生活放荡的皆隆特①一类的人物,这类人一天比一天少了,现在随处可见的,是十八世纪小说和喜剧中的杜卡莱②那类人物。卡陶姑父看见女人就称她们漂亮的太太!碰到没有男子陪伴的女人,就用马车把她们送回家;他对待她们有求必应,按照他的说法,这是骑士风度。他那满头的白发和心平气和的样子,使人看不出他还是一个经常寻欢作乐的角色。在男人中间,他肆无忌惮地公开主张享乐主义,说些有伤大雅的笑话。他不反对他的女婿卡缪索追求那位漂亮迷人的女戏子柯拉莉,因为他自己暗地里也是

---

① 皆隆特,法国喜剧中的小老头,爱寻欢作乐,也容易上当。
② 杜卡莱,勒萨日(1668—1747)的喜剧《杜卡莱先生》中心毒手狠的包税人。

快活剧院舞蹈明星弗洛朗蒂纳小姐的梅塞纳①。不过,他这种生活,他这些主张,都没有在他身上和他家里流露出一点痕迹。卡陶姑父道貌岸然,彬彬有礼,人家几乎会以为他是个冷淡无情的人,因为他如此假装正派,一个真正虔诚的女教徒是会把他叫作伪君子的。这位神气十足的先生特别恨神甫,他是那一大伙订阅《宪政报》的糊涂虫之一,但又非常担心死后不能按照宗教仪式下葬。他崇拜伏尔泰,虽然他更喜欢皮隆、瓦代、科莱②。当然,他欣赏贝朗瑞,并且别出心裁地把他叫作丽赛特③教派的大主教。他的女儿卡缪索太太和普罗泰兹太太,还有他的两个儿子,要是有人向他们解释老父亲所谓的唱唱戈迪雄大妈④是什么意思,那他们真如俗话说的,会像从云端上跌下来一样。这个老滑头从来没有对子女们谈过他有终身年金的事,他们看见他日子过得这样节俭,还以为他把财产全都分给他们了,因此对他更是温柔体贴。有时他也对两个儿子说:"不要花光你们的财产,因为我再也没有什么可以留给你们了。"他发现卡缪索和他气味相投,两个人一道吃喝玩乐,无所顾忌,因而只有他大女婿一个人知道这三万法郎终身年金的秘密。卡缪索认为老丈人的人生哲学无可非议,在他看来,卡陶老人已经尽了父母的责任,为子女安排了幸福的生活,自己也该快快活活地过个晚年了。

---

① 梅塞纳,公元前一世纪罗马政治家,以保护文艺著称。这里喻指卡陶是那位舞蹈明星的保护人。
② 皮隆(1689—1773)、瓦代(1720—1757)、科莱(1709—1783)都是法国诗人。
③ 丽赛特是法国喜剧中的风流侍女,在贝朗瑞笔下,她成了巴黎轻佻女郎的典型。
④ 意思是"大摆筵席"。——原编者注

"你看,我的朋友,"这位"金茧"绸缎铺的老老板对卡缪索说,"我本来可以再结一次婚的,对不对?一个年轻的女人可能还会给我生几个孩子……是的,我本来可能再添几个子女;我那时的年龄还可以有孩子呢。不过,弗洛朗蒂纳不会像一个老婆那样花我很多钱,她不给我添麻烦,又不会给我生孩子,也绝不会吃掉你们的财产。"

卡缪索认为卡陶老人具有非常细腻的家庭感情;他认为他是个十全十美的老丈人。

"他懂得如何协调他子女的利益和他自己的消遣。"卡缪索说,"一个人在生意场中劳累了一辈子,自然也该欢度晚年了。"

无论是卡陶家,或是卡缪索家,或是普罗泰兹家,都没有想起过他们还有一个舅母克拉帕尔太太。亲戚关系仅仅表现在婚丧喜庆的时候送个通知,新年时节寄张贺年片。自尊心强的克拉帕尔太太不屑屈尊求人,只是为了奥斯卡的利益,才肯对她唯一的患难之交莫罗开口。她不大去老卡陶家,也不麻烦他帮忙,免得人家讨厌;不过她还是和他联系,因为对他还是有所指望,所以她每三个月去看他一次,和他谈谈已故的、可尊敬的卡陶太太的内侄奥斯卡·于松,而且每年在放假的日子里,还要带奥斯卡去看望他三次。每一次,老好人都带奥斯卡去蓝钟餐厅吃一顿,晚上还带他去快活剧院看戏,然后把他送回樱桃园街。有一次,老好人给他买了一套新衣服,把他打扮得焕然一新,还送给他一个银杯和一套银餐具,那是学校规定寄宿生要带的行头。奥斯卡的母亲尽量向老好人表示:他的内侄非常爱他,她常常向他谈起这个银杯、这套餐具和这身漂亮的衣服,其实衣服穿得只剩下了一件背心。不过在一个像卡陶姑父这样的老滑头面前,弄巧可能成拙,对奥斯卡反而害多利少。卡陶老头从来没有爱过他那高大干瘦、满头褐发的亡妻;再说,他也了解已故的于松和奥斯卡的母亲结婚的内情;虽然他一点没有瞧不起她的意思,但也不是不知道小奥斯卡是个遗腹子;因此,在他看来,他可怜的内侄和卡陶家并没有什么血缘关系。奥斯卡的母亲没有料到她的儿子会闯下这场大祸,从来也没有设法补救奥斯卡和他姑父之间所缺少的天然联系,没有使孩子从小就和他的姑父建立感情。像普天下把感情都集中在母爱上的女人一样,克拉帕尔太太也没有设身处地替卡陶姑父想一想,总以为他会非常关心一个这样讨人喜欢的孩子,因为他到底和已故的卡陶太太是一家人。

"先生,您的内侄奥斯卡的母亲来了。"女仆对卡陶先生说,他已经让理发师刮过脸,扑过粉,正在花园里散步,等待吃午饭。

"早上好,漂亮的太太。"绸缎铺的老老板穿着白细布的便袍,招呼克拉帕尔太太说。"嗬!嗬!您的小家伙长大了。"他又捏着奥斯卡的一只耳朵说。

"他念完了中学,非常遗憾的是,他亲爱的姑父没有参加亨利四世中学的授奖仪式,因为他也得了奖。姓于松的学生受到表扬,我们希望他将来不辱没他的姓氏……"

"喔唷!喔唷!"小老头站住说。

克拉帕尔太太和奥斯卡陪着他在橙子树、香桃木树和石榴树前面的一个平台上散步。

"他得了什么奖?"

"他哲学得了第四名。"母亲得意地回答。

"啊！这小家伙要弥补浪费的时间，还得走一大段路呢。"卡陶姑父嚷着说，"毕业时只有一门课得了个第四名……这可没什么了不起的！……你们和我一道吃午饭吧？"他又说道。

"我们听您吩咐。"克拉帕尔太太说，"啊！我的好卡陶先生，看到自己的子女在人生的道路上迈开了步子，做父母的是多么惬意啊！在这方面，像在其他方面一样，"她赶快修正说，"您是我所认识的最有福气的父亲了……您好心眼的女婿和惹人爱的女儿经营的'金茧'绸缎铺，直到现在还是巴黎头一家大商号。您大儿子的公证人事务所，十年来在首都一直位居第一，而且他还阔气地结了婚。您的小儿子又刚和发了大财的药房结亲。再说，您还有可爱的孙女儿。您亲眼看到自己成了四个大户人家的家长……奥斯卡，不要听大人谈话；你到花园里去玩玩吧，但是不要摘花。"

"他不是十八岁了吗！"卡陶听见她嘱咐奥斯卡就像嘱咐一个小孩一样，不由得微笑了。

"唉！是的，我的好卡陶先生，能够把他带到现在这么大，既不驼背，又不瘸腿，身心都算健康，说来真不容易！为了他的教育，我已经牺牲了一切，要是他没有出息，那我真要难过死了！"

"那位莫罗先生呢？他不是给您在亨利四世中学弄到过一笔半官费补助吗？他会帮奥斯卡找一条好出路的。"卡陶姑父装出一副老好人的神气，敷衍地说道。

"莫罗先生也不能长命百岁呀，"她说，"何况他和他的东家德·赛里齐伯爵又闹翻了，简直到了不可挽回的地步。"

"喔唷！喔唷！……听我说，太太，我看您是来……"

"不,先生。"奥斯卡的母亲突然打断了老头子的话,老头子本来会生气的,但是看在漂亮的太太分上,他并没有发作,"唉!您一点也不了解一个母亲的难处,七年来,我不得不从我丈夫一千八百法郎的年薪里,拿出六百法郎来给我儿子交学费……啊!先生,我们就只有这么一点财产。因此,我能帮我的奥斯卡做些什么呢?克拉帕尔先生这样讨厌这个可怜的孩子,我不可能把他留在家里。一个可怜的女人,孤零零地活在世上,在这种情况下,难道她不该来找找她儿子在这世界上唯一的亲人吗?"

"您说得对,"老好人卡陶答道,"不过您可从来没有对我谈过这些事呀……"

"啊!先生,"克拉帕尔太太自负地接着说,"不是万不得已,我怎肯来找您诉苦啊!全都怪我自己,我嫁了一个这样不中用的丈夫,他的无能简直令人难以置信。啊!我实在太不幸了!……"

"听我说,太太,"小老头认真地接着说道,"不要哭了。看见一个漂亮的太太伤心落泪,我也会难过得要死的……说来说去,您的儿子到底也是于松家的人,要是我亲爱的亡妻还活着的话,她也会给她父亲和她哥哥一家人帮点忙的……"

"她对她哥哥多么好啊!"奥斯卡的母亲叫道。

"不过我的财产全都给了我的子女,他们对我再也没有什么可指望的了。"老头子继续说,"我把我的两百万财产都分给了他们,因为我希望在我活着的时候,看见他们有钱、幸福。我自己只留下一点养老金,到了我这种年龄,生活习惯也很难改了……您晓得应该要这个小家伙走哪条路吗?"他又把奥斯卡叫来,拉住他的胳膊说:"让他学法律吧,我替他付注册费和讲义费。把他安插到一个诉讼代理人那儿去学习出庭辩护的本事;要是他学得好,要是他干得出色,要是他喜欢这一行,要是我还活着,到适当的时候,我会要我的子女每人借给他四分之一的款项,我自己借给他一笔保证金。这样一来,从现在起,您只要管他吃饭穿衣就行了;当然他要稍微吃一点苦,但是这样可以学会过日子。嘿!嘿!我当年离开里昂的时候,身上只有祖母给我的两个双路易①,我是步行到巴黎的,瞧我现在怎么样。生活苦点反而对身体有好处。年轻人,谨慎点,诚实点,勤快点,你会有出息的!自己挣钱发财才是一件乐事;到了晚年,只要你牙齿还咬得动,你爱怎么吃用就怎么吃用,也可以像我这样,高兴起来就唱唱戈迪雄大妈。记住我说的话:诚实,勤快,谨慎。"

"听见没有,奥斯卡?"母亲问道,"你姑父用三个词概括了我的千言万语,尤其是最后那两个字,你一定要像用火漆封住似的,牢牢记在心上……"

"啊!我记住了。"奥斯卡答道。

"那好,谢谢你姑父吧;你没有听见他说,你的前程由他负责吗?总有一天,你会在巴黎当上律师的。"

"他还不知道他的前程远大呢,"小老头看见奥斯卡迟钝的神气,就这样说道,"他只是刚从中学毕业出来。听我说,我不是个喜欢啰唆的人,"姑父接着又说,"记住,在你这个年纪,一定要经得起考验,才能得到好名声,而在巴黎这样一个大都市里,每走一步,都会碰上歪门邪道的。所以还是在你母亲家里住一间阁楼吧;每天出了家门就进学校门,出了学校门

---

① 一个路易等于二十法郎,双路易等于四十法郎。

又进书房门,早晚都要在你母亲家里刻苦用功;到了二十二岁要当上二等帮办,到了二十四岁就可以做首席帮办;要精通业务,那你的事业就大有可为。要是你不喜欢这个职业,也可以进我儿子的公证人事务所,做他的接班人……因此,勤快,耐心,谨慎,诚实,一步一个脚印地向前走吧。"

"上帝保佑您再活三十年,好亲眼看到您的第五个孩子实现我们对他的期望!"克拉帕尔太太高声说道,她拉住卡陶姑父的手,风度不减当年。

"我们吃午饭去吧。"好心的小老头拉着奥斯卡的一只耳朵说。

午饭的时候,卡陶姑父不露声色地观察他的内侄,发现他对人生一无所知。

"隔些时候就打发他来一次,"他送克拉帕尔太太走的时候,指着奥斯卡说,"我来帮您教他做人。"

这次拜访使这个可怜的女人不再伤心了,她没有料到会有这样好的结果。在以后的半个月里,她一直带着奥斯卡散步,对他管得几乎是过分地严格,就这样到了十月底。一天早上,奥斯卡看见那个使他害怕的总管来了。总管碰到樱桃园街这个贫穷人家正在吃午饭,吃的菜只有一个腌鲱鱼凉拌莴苣,饭后再喝一杯牛奶。

"我们已经搬到巴黎,不再像在普雷勒那样过日子了。"莫罗说。他想这样告诉克拉帕尔太太,在奥斯卡闯祸之后,他们的关系发生了什么变化:"不过我在巴黎的时间也不多。我和丽山的莱杰老爹,还有马格隆老头合伙做地产生意。我们一开始就买进了佩尔桑的土地。我是我们这家公司的经理,我用我的财产抵押,已经为公司筹集了一百万法郎资金。

一有生意,莱杰老爹和我就商量着办,我的合伙人每人分四分之一的红利,我分一半,因为一切事都由我操持,所以我总是东奔西走。我的妻子住在巴黎鲁勒郊区,一切从简。等我们做了几笔大生意,不必再动本钱,只消用利息去冒风险的时候,要是奥斯卡表现得叫人满意的话,我们也许还可以雇用他。"

"好哇,我的朋友,我可怜的孩子不小心闯下的大祸,说不定会叫你发一笔大财呢;因为,说实在的,你在普雷勒真是埋没了人才……"

然后,克拉帕尔太太就讲起她拜访卡陶姑父的事,目的是向莫罗说明,她和她的儿子可以不再要他负担了。

"他说得有理,这个老好人。"前任总管又说,"对奥斯卡一定要严加管束,强制他走这条路,那他的确会当上公证人或者诉讼代理人的。但是不要让他越出这条开辟好了的道路!啊!有了。地产商人也免不了要和法律打交道,有人对我谈起过一个诉讼代理人,他刚买了一个空头资格,这就是说,买了一个没有主顾的事务所。这是一个意志非常坚强的年轻人,他埋头工作,像一匹马似的苦干;他的名字叫德罗什;我可以把我们的法律事务全都交给他办,只要他附带替我管教奥斯卡;我去提出我们出九百法郎要他把奥斯卡收下来,这九百法郎里面我出三百,那么你的儿子就只要花你六百法郎了。我还可以拜托修道院院长照顾奥斯卡。如果希望这个孩子成人的话,那就只有严加管教才行;这样,他出来后,不是公证人,就是律师或者诉讼代理人。"

"好啦,奥斯卡,赶快谢谢这位好心的莫罗先生吧,不要待在那里像根木头似的!世上干过蠢事的年轻人,谁有你这么好的运气,连累了自己的恩人,还能得到恩人的关怀……"

"你要我不生你的气,"莫罗握住奥斯卡的手说,"最好的办法就是努力工作,好好做人……"

十天以后,奥斯卡由前任总管介绍给诉讼代理人德罗什律师,律师新近才在贝蒂西街开业,事务所设在一个狭小的院子尽里头一套宽敞的房间里,房租比较便宜。德罗什是个二十六岁的年轻人,出身贫寒,受过父亲非常严格的管教,他过去的处境和奥斯卡现在的处境差不多;所以他对奥斯卡的事很关心,不过他即使关心一个人,表面看来还是很严厉,这是他的性格。这个干瘦的年轻人脸色灰暗,头发剪得像把刷子,说话简短眼光锐利,灵活而又深沉,光是这个外貌就把奥斯卡吓坏了。

"我们这里工作不分昼夜。"诉讼代理人说,他坐在一把靠背椅上,面前是一张长桌子,桌上文件堆积如山,"莫罗先生,我们不会把他累死的,不过,他也得跟着我们的步子走。"他又叫道:"高德夏先生!"

虽然这天是星期日,他的首席帮办还是一叫就到,手里还拿着笔。

"高德夏先生,这就是我对你讲过的那个法科见习生,莫罗先生对他很关心;现在他在我们这里吃住,就住你房间隔壁的小阁楼;你给他算一算,从这里到法学院来回要走多少时间,最多给他留五分钟的余地;你要督促他把法典学好,功课要学得出色,这就是说,不但要做好学校的功课,你还要指定他读一些书;总而言之,由你负责直接指导他,自然我也会指点指点。希望他能像你一样,努力做一个能干的首席帮办,为将来当律师打好基础。——跟高德夏去吧,我的小朋友,他会带你去看你住的地方,你就搬过去好了……——您看见高德夏了吧?……"德罗什又转过来对莫罗说,"这是一个像我一样白手起家的小伙子;他是著名的舞蹈演员玛丽埃特的弟弟,靠他姐姐积攒的钱,准备十年后开业。我的帮办都是朝气蓬勃的,都只能靠自己的十个指头来挣一笔大钱。因此,我的五个帮办和我,我们工作起来要顶十二个人!十年之后,巴黎最有钱的主顾都会来找我的。我们这里对生意、对主顾,都很热情,这一点已经开始闻名了。高德夏是从我的同行但维尔那儿要来的,半个月前,他还是那里的第二帮办,但是,我们在那个大事务所已经互相认识了。到了这里,我每年给他一千法郎,还管吃管住。这个小伙子也真顶用,他孜孜不倦地工作!我就是喜欢他这样的小伙子!他会用六百法郎过日子,像我当年做帮办的时候一样。对一个帮办来说,特别重要的是老实可靠,没有半点虚假;要是在艰苦的情况下能够毫不动摇,那一定是一个人物。要是在这方面犯了一点错误,那就不能在我这个事务所做帮办,只好请他另找出路。"

"好哇,您这里倒是个锻炼人的好地方。"莫罗说道。

整整两年,奥斯卡都住在贝蒂西街,住在"讼师的老巢";这个陈旧过时的名称,如果还能应用于哪一个律师事务所的话,那么用来称德罗什的事务所是最合适的了。这里的管教真是无微不至,老练到家,什么时间做什么事,没有一点回旋的余地,结果奥斯卡虽然生活在巴黎这个花花世界,却好像是住在修道院里。

不论春夏秋冬,每天早晨五点,高德夏就起床了。他同奥斯卡一起下楼到办公室去,这在冬天可以节省一点烤火费,但他们总是发现老板起得更早,已经在工作了。奥斯卡为事务所发送文件,同时预备学校的功课;但功课的分量非常重,压得他喘不过气来。高德夏,有时是老板本人,亲自指点他查阅哪些书籍,解决哪些困难。奥斯卡不敢放过法典里的一章一节,非得经过认真钻研,答得出老板或高德夏提出的问题,通得过他们的预备考试才罢,而预考却比法学院的正式考试还要严格,时间也更长。他上完课立刻回来,毫不耽搁,又坐下来温习功课,有时还到法院去走一趟,然后,在晚餐前,由一丝不苟的高德夏给他辅导。说到晚餐,连老板的也不例外,都只有一大盘肉,一盘素菜,一盘凉拌生菜。点心只有一块格吕耶尔①干酪。晚餐之后,高德夏和奥斯卡又回到事务所,一直工作到夜里。每个月奥斯卡到他姑父卡陶家吃一餐午饭,星期天就回母亲家去。有时,莫罗到事务所来办事,也把奥斯卡带到王宫市场去大吃一顿,还带他去看一场戏。至于讲究穿着的念头,奥斯卡自己明白:还没出笼就会给高德夏和德罗什驳回去,爽性不去想了。

高德夏常对他说:一个好帮办只消有两件黑上衣(一新一旧),一条黑长裤,几双黑袜子和几双鞋也就够了。皮靴太贵,等到做了诉讼代理人再穿不迟。一个帮办的全部开销不该超过七百法郎。应该穿质地结实的粗布衬衫。啊!一个人要白手起家,就得节衣缩食。瞧德罗什先生!他过去也是这样干的,现在不是大功告成了吗?

高德夏以身作则。他不只是口头上对荣誉、谨慎、诚实这些原则有严格的要求,在行动上也严于律己,实行起来毫不费力,就像呼吸、走路一样自然。这是他灵魂的本能,正如走路

---

① 格吕耶尔,瑞士地名,以盛产乳酪著名。

是两条腿的本能,呼吸是口和鼻的本能一样。奥斯卡来后十八个月,第二帮办在他小小的现金账上出了两次小小的错误,高德夏就当着全事务所的人对他说:

"我亲爱的戈代,你自动离开这儿吧,免得人家说是老板辞掉你的。你不是疏忽,就是算错,这类缺点即使微乎其微,在这里也是不能容许的。我不会向老板汇报,对于一个同事,我也只能帮这一点忙了。"

奥斯卡二十岁的时候,当上了德罗什律师事务所的第三帮办。虽然他还没有薪水,但是吃住不用花钱,因为他干的是第二帮办的事。德罗什用了两个得力的帮办,而第二帮办的担子也压得很重。奥斯卡在法学院读完二年级的时候,已经比许多法学士都强,他做出庭的工作也显得很精明,有时还充当临时审理案件的辩护人。最后,高德夏和德罗什都表示对他满意。唯一遗憾的是,虽然他看起来差不多可以说是懂事了,却还会流露出贪图享受的倾向和出头露面的愿望,不过这种倾向和愿望都被生活中严格的管教和繁重的工作压下去了。地产商人对第三帮办的长进感到满意,就放松了对他的监督。到一八二五年七月,当奥斯卡以优秀成绩通过毕业考试的时候,莫罗还给他买了一套漂亮的衣服。克拉帕尔太太对儿子的成绩感到高兴和自豪,就给这个未来的法学士、未来的第二帮办准备了一套上等行头。贫苦人家不送礼则已,要送总是送实用的东西。到十一月,假期过完,奥斯卡·于松到底补上了第二帮办的缺,住进了他的房间,除了吃住以外,一年还有八百法郎薪水。卡陶姑父曾暗地里向德罗什了解他内侄的情况,因此,他答应克拉帕尔太太,只要奥斯卡继续好好干,事务所开业的事,他可以帮忙。

奥斯卡·于松表面上虽然老实听话,内心深处却常常在进行艰苦的斗争。他有时真不想再过这种和他的性格爱好都如此格格不入的生活。他甚至觉得犯人都比他更幸福。严厉的管教像铁链似的在他身上留下了累累伤痕,一看见街上穿着讲究的年轻人,他真恨不得能溜之大吉。他时常想女人想得要命,却又不得不克制自己,这样就变得对人生感到非常厌倦。全靠高德夏的榜样支持,他才走上一条这样艰巨的道路,这与其说是自觉自愿,不如说是迫不得已。高德夏也观察着奥斯卡,他的原则是不让他的师弟受到引诱。因此,他经常不让第二帮办把钱带在身上,要带的话,钱也少得可怜,绝不够他去外面纵情作乐。最近这一年来,慷慨的高德夏自己出钱,同奥斯卡痛痛快快地玩过五六回,因为他也知道,对一条拴住的小山羊,有时也该松松绳子。虽然严厉的首席帮办把寻欢作乐说成是放荡行为,这种放荡行为却使奥斯卡觉得生活还可以过下去;他在卡陶姑父家里没有什么玩乐,回到母亲家里玩乐就更少,因为母亲的生活比德罗什还要清苦。莫罗不能像高德夏一样对奥斯卡那么亲热,说不定小于松的这位真诚保护人,正要利用高德夏来使这个可怜的孩子知道一点人生的奥秘呢。奥斯卡变得谨慎了,通过人事的接触,他到底明白了那次坐公共马车旅行时,他犯下的错误有多大的影响;不过,他那一大堆被压下去的不切实际的念头,青年时代的狂热冲动,仍然可能将他引入迷途。然而,随着他对社会的认识、对人情世故的了解越来越深,他也慢慢有了些头脑,因此,莫罗以为克拉帕尔太太的儿子只要在高德夏身边,就不会出乱子。

"他的情况怎么样了?"地产商人有一次离开巴黎好几个

月后回来时问道。

"还是虚荣心太重,"高德夏回答,"您给他买了漂亮的服装和漂亮的内衣,他自己又买了经纪人用的漂亮绉领,一到星期天,就打扮得像个花花公子,到杜伊勒里公园找艳遇去了。您有什么办法呢!他年轻呀。他还老缠着我,要我带他到我姐姐家去见见世面,见见那些女演员、舞蹈明星、时髦人物、挥金如土的阔佬……我怕他还无意做诉讼代理人呢。不过他的口才倒是不错,可以做个律师,经过一番准备,他也能在办案时辩护得头头是道……"

一八二五年十一月,奥斯卡·于松走上了新的岗位,正在准备为学士论文进行答辩,那时德罗什事务所新来了一个第四帮办,以填补奥斯卡提升后留下的空缺。

第四帮办名叫弗雷德里克·马雷斯特,他刚念完三年法科,打算做法官。根据事务所打听到的消息,他是一个二十三岁的漂亮小伙子,从一个去世的独身伯父手里继承了一笔年息一万二千法郎的遗产,他母亲马雷斯特太太又是个有钱的木材商的寡妇。这个候补法官其志可嘉,想要了解业务上的细枝末节,所以到德罗什事务所来学习诉讼程序,希望两年内能补上首席帮办的空缺。他打算在巴黎当见习律师,使自己能够胜任未来的工作,一个像他这样有钱的年轻人是不愁当不上律师的。到三十岁的时候,随便在哪个法院当一名检察官,这就是他的雄心大志。虽然这个弗雷德里克就是那个乔治·马雷斯特的堂兄弟,但是,由于那个在普雷勒旅途中招摇撞骗的旅客只把他的真名实姓告诉了莫罗,小于松却只知道他是乔治,弗雷德里克·马雷斯特这个名字,并不能使他联想起那桩往事。

"诸位同人,"高德夏在吃午饭时对全体帮办说,"我向你们宣布,有一个新帮办要来了;因为他顶阔气,我希望他请我们吃一顿顶呱呱的入会酒席……"

"把记录簿拿来!"奥斯卡瞧着一个小帮办说,"我们可得假戏真做。"

小帮办像只松鼠一样爬上书架,取下一本为了蒙上几层灰尘才故意放在最高一层的记录簿。

"本子发黑了。"小帮办指着记录簿说。

我们先来解释一下,当时在大部分律师事务所里,都有这么一种记录簿,它制造了无穷无尽、妙趣横生的乐事。伙计只重午餐,老板只重晚餐,贵族老爷只重夜宵。这句十八世纪的老话说得不错,只要你花两三年时间,在诉讼代理人事务所学过诉讼程序,或者在公证人事务所学过公证手续,就会觉得关于伙计的那句话,实在是言之有理。在一个帮办的生活中,工作多,娱乐少,因而就越想寻欢作乐;如果能够骗人上当,那更是莫大的开心事。这在一定的程度上,也说明了乔治·马雷斯特为什么要在皮埃罗坦的马车上招摇撞骗。即使是一个不苟言笑的帮办,也会觉得需要热闹热闹,开开玩笑的。帮办们生来就能抓住机会骗人上当,开心取乐,这种天生的本领说来真是妙不可言,只有画家才能和他们相提并论。画室中和事务所里,开起玩笑来连喜剧演员也要甘拜下风。德罗什买下这个空头衔的时候,简直像是建立一个朝代一样,一切都得从头做起。在创业伊始的年代,自然不得不打断一切有关迎新送旧的惯例。新搬进一套从来没做过办公室的房子,德罗什的当务之急是摆下几张新桌子,购置一些全新的蓝边白纸夹。他的事务所是由几个帮办拼凑而成的,帮办的来历各不相同,从前互不相识,碰巧凑在一起,可以说是连他们自己也都感到意外。高德夏曾在但维尔律师事务所初试刀笔,他可不是一个肯让这宝贵的迎新传统自行湮没的帮办。欢迎的方式是由新来的人请事务所的老同事大吃一顿。说来话长,还是在小奥斯卡初来事务所,德罗什刚开业六个月的时候,一个冬天的晚上,事务所的工作早已干完,帮办们都在烤火,准备走了,高德夏忽然心血来潮,要假造一本所谓太上古老的律师事务所的记录,并且假说这本记录是革命大风暴的劫后遗物,由沙特莱法院检察官博尔丹移交给诉讼代理人索瓦涅斯特,索瓦涅斯特又连同事务所一起卖给德罗什的。大家先去旧书废纸铺搜寻一本十八世纪印刷的记录簿,封面要用羊皮纸精装,封里还俨然印有大议会的决议。找到这样的记录簿之后,大家就把它在灰尘里、火炉里、壁炉里、厨房里拖来拖去,甚至把它扔在帮办们所谓的评议室①里,让它发霉,结果连古董商见了都会如获至宝,封皮破破烂烂,裂痕累累,四角残缺不全,好像老鼠咬过似的。簿子裁开的那一边颜色发黄,仿古仿得惟妙惟肖,令人叫绝。簿子一旦准备就绪,我们再来引用几段记录在案的原文,以便使头脑迟钝的人也能看出这本宝贵的文献在德罗什事务所派过什么用场。簿子前六十页写满捏造的集会记录,第一页开宗明义写道:

> 托庇圣父、圣子、圣灵,万事如意。今日乃巴黎守护神圣热内维埃弗之华诞,自一五二五年始,本事务所全体帮办,即已蒙受其庇护矣。本所大小帮办,均蒙热罗姆-塞巴斯蒂安·博尔丹大律师录用,博尔丹乃故主盖尔贝

---

① 指厕所。

之继任人,盖尔贝生前曾任沙特莱法院检察官。本所同人一致认为,律师联谊会档案及帮办入会记录,有另立新册之必要,因原记录簿已满载先人之荣迹,应呈请法院档案保管处归档。吾等并赴圣舍弗兰教堂参加弥撒,为新记录簿举行开笔仪式,以示隆重。

  本所同人特此签名做证:

    首席帮办马兰

    第二帮办格勒万

    帮办阿塔纳兹·费雷

    帮办雅克·于埃

    帮办雷纽·德·圣冉-德·安杰利

    跑街小帮办伯多

     耶稣纪元一七八七年

  听弥撒后,吾等同赴田园餐厅,合资会餐,痛饮达旦,直至翌晨七时。

字写得龙飞凤舞,连专家看了都会发誓说是十八世纪人的手迹。接着是二十七次迎新会的记录,最后一次是在多灾多难的一七九二年。然后记录中断了十四年,直到一八〇六年,记录簿才记载了博尔丹担任塞纳省初审法院诉讼代理人的事。下面就是恢复律师帮办联谊会以及其他事项的说明:

  上帝真是慈悲为怀,尽管惊天动地的大风暴席卷了法兰西大地,法兰西还是成为一个大帝国,鼎鼎大名的博尔丹大律师事务所的宝贵档案仍得以保存;以下签名者,都是德高望重的博尔丹大律师的帮办,我们认为在这么多地契、执照、特权证书都荡然无存的时候,这本记录簿居然得以保全,真是闻所未闻的奇迹。我们毫不怀疑地把这奇迹归功于本事务所的保护神圣热内维埃弗的保佑,也归功于家学渊源的最后一任检察官①对古风旧习的尊重。不能确定在这次奇迹中,哪一分功劳属于圣热内维埃弗,哪一分属于博尔丹大律师,我们决定去圣艾蒂安·杜·蒙教堂望弥撒——弥撒将在这位送羊群给我们剪毛的牧羊圣母②的祭坛前举行,并决定和我们的东家会餐,希望由他付账。

签名人:首席帮办瓦尼亚

第二帮办普瓦德万

帮办普鲁斯特

帮办布里尼奥莱

帮办但维尔

小帮办奥古斯丁·科雷

一八〇六年十一月十日于事务所

翌日下午三点钟,下列帮办在这里记下了他们对他们杰出的东家的衷心感谢,他请他们在时运街的罗兰酒家大吃了一顿,喝了波尔多酒、香槟酒、勃艮第酒,吃了特别考究的名菜,从下午四点钟一直吃到七点半。餐后还有咖啡、冷饮、甜酒大量供应。不过因东家在场,我们不便大唱赞美的圣歌。全体帮办都尽情欢乐,但是谁也没有放肆过度,因为这位慷慨大方、令人敬佩的东家还答应请帮办们去法兰西剧院看塔尔玛主演的《布里塔尼居

---

① 指博尔丹。
② 指圣热内维埃弗。

斯》①。敬祝博尔丹大律师万寿无疆！……但愿上帝圣恩广布，保佑我们事务所这位可尊敬的老板！但愿他能高价卖出这样一个有光荣历史的事务所！但愿有钱的主顾源源而来！但愿顾客都如数付清他们的费用！但愿我们未来的新东家也能像他一样！但愿他能永远得到帮办们的爱戴，直到他百年之后！

接着是三十三次帮办联谊会的记录，记录的字体和所用的墨水各不相同，措辞和签名也各有特色，对好菜美酒赞不绝口，似乎可以证明，记录是在 inter pocula② 时一挥而就，当场签名的。

最后，到了一八二二年六月德罗什宣誓就职时，有这样一篇宪章性的妙文：

> 签署人弗朗索瓦-克洛德-玛丽·高德夏，受德罗什大律师的委托，为一个主顾尚告阙如的事务所执行首席帮办的艰巨任务。本人来所之前，曾自但维尔大律师处得知，本所存有法院著名的太上古老的帮办联谊会档案，当即呈请东家恩准，向他的前任索取，因为得到这本一七八六年的文件，关系至为重大，它和法院其他档案相连。其他档案的存在，已经档案专家泰拉斯和杜克洛二先生证明属实，借助这些档案，可以了解远至一五二五年的帮办生活及烹调艺术，实属无价之宝。

> 申请一经批准，本所即已据有上述档案，档案证明，我们的先辈常用佳肴美酒庆祝盛典。

---

① 《布里塔尼居斯》，拉辛的名剧。
② 拉丁文：开怀畅饮。

因此，为了给后人树立榜样，为了恢复时代的传统以及和酒杯的联系，本人邀请第二帮办杜布莱、第三帮办瓦萨尔、帮办埃里松和格朗德曼，以及小帮办杜迈等，星期日去圣贝尔纳码头红马饭庄午餐，祝贺我们得到的这本记事册，其中有我们举行盛宴的宪章。

六月二十七日，星期日，我们喝了十二瓶各式各样的美酒。大家同声赞美那两个甜瓜、罗马酱汁肉糜、牛肉里脊、香菌馅饼。首席帮办大名鼎鼎的姐姐玛丽埃特小姐，是王家音乐舞蹈学院的舞蹈明星，她送了本事务所几张正厅前座的好票，以便本所同人观赏当晚演出的音乐舞蹈，大家欣然领受了她的盛情，并且立此为证。此外，全体帮办一致决定集体登门拜访，向这位高贵的小姐表示谢意，并且向她声明：如果魔鬼硬把官司送上她的门来，头一场官司除预付费用外，不再收费，特此记录在案。

大家一致公认高德夏是帮办联谊会的优秀会员，是一个先人后己的大好人。但愿这样一个大好人，能够早日开办一个事务所！

还有一些酒痕墨渍，焰火似的签名。如果要弄清楚他们如何使这本记录簿所叙述的显得真有其事，那只要看看虚构的奥斯卡入会的欢宴记录，便可见一斑：

今天是一八二二年十一月二十五日，星期一。昨天在兵工厂区樱桃园街帮办联谊会候补会员奥斯卡·于松的母亲克拉帕尔太太家欢宴之后，下列签名人一致声明，入会的盛宴超过了我们的期望。拼盘中有小红萝卜、紫萝卜、黄瓜、鳀鱼、黄油和橄榄；滋味鲜美的米粉汤显示出慈母的殷勤好客,因为我们在汤里尝到了非常可口的鸡味,我们的新会员承认,的确有克拉帕尔太太精心准备的鸡头、鸡爪、翅膀、杂碎,恰如其分地掺在火锅里,因此富有家庭风味。

Item①,这位母亲精心烹制的炖牛肉,周围是汪洋大海似的肉冻。

Item,番茄牛舌,只有木头人②才食而不知其味。

Item,美味无比的清炖鸽子,令人以为是在天使们指导下调制的。

Item,奶油巧克力、通心粉馅饼。

餐后果点有十一碟精致的小吃,尽管十六瓶上等美酒已经使我们酩酊大醉,我们还是要指出,果点中有一碟蜜桃饯,又香又甜,好得出奇。

鲁西荣和罗讷河畔出产的葡萄酒简直赛过了香槟和勃艮第的名酒。再加一瓶马拉什樱桃酒和一瓶德国樱桃酒,虽然喝过醒酒的咖啡,我们还是陷入了精神恍惚的状态,结果我们中间的埃里松先生到了布洛涅森林,还以为自己身在神庙街;年方十四岁的小帮办雅基诺,竟和五十七岁的老太婆勾勾搭搭,把她当成风流娘儿;特立此存照。

本会章程严格规定,凡有志加入帮办联谊会者,入会欢宴的规模,要看自己的经济情况而定。因为众所周知,家有恒产的人都无意拜法律女神为师,而帮办又都被他

---

① 拉丁文:此外,还有。
② 法语"番茄调制的"与"木头人"同音,这是一个文字游戏。

们的父母管得很紧。因此,我们认为克拉帕尔太太的慷慨行为特别值得颂扬,她的前夫于松先生就是我们新会员的生父,我们认为也该对他表示敬意,吃果点时我们发出的欢呼,他是受之无愧的,特此签名为证。

已经有三个帮办上过这个当,因而有三次确有其事的入会欢宴实况,登记在这本令人肃然起敬的记录簿上。

每个新帮办来到事务所的日子,小帮办都把这本太上古老的帮办联谊会的档案摆出来,放在纸板夹上。当新帮办翻看这些可笑的记录时,大家就注意他的脸部表情,等待好戏上演。Inter pocula 之后,新会员才恍然大悟,明白联谊会搞的是什么名堂;但秘密一揭穿,大家可以想见,他也反过来想要后来的帮办上当。

现在轮到奥斯卡来捉弄人了,因此,一听见他说:"把记录簿拿来!"大家可以想象得出,这四个帮办和那个小帮办的脸上会有什么表情。

十分钟后,一个身材修长、容貌可爱的年轻人走了进来,他找德罗什先生,并且落落大方地对高德夏作了自我介绍。

"我是弗雷德里克·马雷斯特,"他说,"是到这里来当第三帮办的。"

"于松先生,"高德夏对奥斯卡说,"告诉这位先生他的座位在哪儿,并且给他介绍一下我们这里工作的规矩。"

第二天,新帮办发现记录簿横摆在文件夹上;不过,他只翻了前几页就笑了起来,也不谈请客的事,便把记录簿放回原处。

"先生们,"他在五点钟左右离开事务所之前说,"我有一个堂兄,在莱奥波德·阿讷坎公证人事务所当首席帮办,我要和他商量商量,应该怎样请大家吃入会的酒席。"

"这可不妙,"高德夏叫道,"这个未来的法官似乎不像一个新手啊!"

"那更要敲他一笔竹杠了。"奥斯卡说。

第二天两点钟的时候,奥斯卡看见阿讷坎的首席帮办走进来,一眼就认出原来是乔治·马雷斯特。

"啊!阿里总督的老朋友驾到。"他毫不拘谨地叫起来。

"怎么!您在这里,大使先生。"乔治记起往事,就回答道。

"哟!怎么你们是老相识?"高德夏问乔治。

"不错!我们在一起干过些蠢事,"乔治说,"说来已有两年多了……唉!我出了克罗塔的门,又进了阿讷坎的门,就正是为了这桩事……"

"什么事呀?"高德夏问道。

"啊!没什么,"乔治看见奥斯卡的眼色,就回答道,"我们本来想骗一个法兰西贵族议员,不料反而弄巧成拙……怎么!你们真要敲我堂弟的竹杠……"

"不是敲竹杠,"奥斯卡一本正经地说,"看,这是我们的会章。"

于是他拿出那本宝贵的记录簿来,翻出一条开除出会的决议案,说是一七八八年,有一个违犯会章的小气鬼被迫离开了事务所。

"这不是敲诈吗?要不要我来抓住你们的狐狸尾巴?"乔治指着那本滑稽可笑的档案簿答道,"不过我的堂弟和我有的是钱,我们就来请你们开开眼界,过一个空前盛大的节日吧,那更可以提高你们捏造档案的本领了。明天是星期日,两点钟在牡蛎岩饭店再见。饭后我带你们到拉·弗洛朗蒂娜·伊·卡比罗洛侯爵夫人府上去见见世面,我们可以在那儿赌钱,你们还会看到上流社会的时髦女人。就这样,初审法院的先生们,"他摆出一副公证人的傲慢神气,接着说道,"要懂规矩,要像摄政时期的贵族那样会喝酒……"

"乌拉!"整个事务所的人异口同声地叫了起来,"好哇!……Very well①!……Vivat②!马雷斯特兄弟万岁!……"

"那是肉山酒池啦!"小帮办也叫道。

"怎么回事?"老板从他的办公室走出来问道。"啊!是你来了,乔治,"他对首席帮办说,"我猜得到,你要来带坏我的帮办了。"

他把奥斯卡叫到他的办公室。

"拿去,这是五百法郎,"他打开钱柜对奥斯卡说,"你到法院去一趟,到档案副本缮写室去把旺德奈斯兄弟打官司的审判书取回来,如果可能的话,今晚就要通知我们的委托人。我答应给缮写室的西蒙二十法郎'加快费';如果审判书还没有缮写好,你就在那里等着,千万不要上别人的当;因为但维尔为了他委托人的利益,很可能会设法绊我们的腿。费利克斯·旺德奈斯伯爵比他的兄弟大使先生更有势力,而大使却是我们的委托人。因此,你一定要擦亮眼睛,哪怕有一点问题,也要回来告诉我。"

奥斯卡走了,心里想要在这场小小的官司中显显身手,这

---

① 英文:妙哇,好极了。
② 拉丁文:万岁!太好了。

是他提升第二帮办后第一次出马。

乔治和奥斯卡走后,高德夏就开始用玩笑的口吻问他的新帮办,想要探听出这个拉·弗洛朗蒂娜·伊·卡比罗洛侯爵夫人的底细;但是弗雷德里克却像个总检察官一样不动声色,一本正经地玩他堂兄那套骗人的把戏;他像煞有介事地一口咬定,拉·弗洛朗蒂娜侯爵夫人是一个西班牙大贵族的寡妇,他的堂兄正在向她求爱。这年轻有钱的寡妇是一个白种人在墨西哥生的女儿,她正像在热带地方成长的女人那样以放荡不羁而引人注目。

"她喜欢笑,喜欢喝酒,喜欢唱歌,都和我们一样!"新帮办低声引用贝朗瑞的著名歌谣说,"乔治很有钱,"他又说道,"他的父亲是个鳏夫,给他留下年息一万八千法郎的遗产,再加上我们的伯父给我们每人留下的一万二千法郎年息,他每年有三万法郎收入。因此他已经还清债务,要离开公证人事务所。他打算做拉·弗洛朗蒂娜侯爵,因为那个年轻的寡妇是侯爵夫人,她的丈夫就有权分享她的爵位。"

虽然帮办们对侯爵夫人的身份还非常怀疑,但一想到牡蛎岩饭店的酒席和参加时髦人物的晚会,他们就快活得不可开交。关于这个西班牙寡妇,他们采取全盘保留的态度,要等她出庭当面对证时,再对她作出终审判决①。

这个拉·弗洛朗蒂娜·伊·卡比罗洛侯爵夫人,说穿了就是快活剧院的芭蕾舞明星阿伽特-弗洛朗蒂纳·卡比罗勒小姐,卡陶姑父就是在她家里大唱戈迪雄大妈的。卡陶太太去世了,这个损失并不难弥补,一年之后,快活的商人碰巧看

---

① 这里故意玩弄法律术语,意思是必须亲眼看见才能作出判断。

到弗洛朗蒂纳从库隆舞蹈训练班出来。当时弗洛朗蒂纳才十三岁,就已经是一朵含苞欲放、美丽得耀眼的鲜花了。退休商人尾随着她,一直跟到牧羊女街,才打听到这个未来的芭蕾舞明星原来是一个普通门房的女儿。不到半个月,看门的母女二人就搬到克吕索尔街,过上一种俭朴的小康生活。后来剧院得到这个年轻的人才,用句行话来说,还多亏了这位热心艺术的保护人。这位慷慨的梅塞纳送了她们一套红木家具,还有窗帘、地毯、厨房用具,使她们快活得几乎要发疯;他还给她们雇了个女用人,每月送她们二百五十法郎生活费。卡陶老头装上鸽子的翅膀,真像是一位天使,她们对他也是感恩戴德。对一个钟情的老好人来说,这就是他的黄金时代了。

三年以来,这个大唱戈迪雄大妈的歌手手腕高明,把卡比罗勒小姐和她母亲安顿在离剧院不远的这套小小的房间里;后来,因为他宠爱的人儿喜欢舞蹈,他又给她请了一位教师。这样,大约在一八二〇年的时候,他才有眼福看到弗洛朗蒂纳在一出名叫《巴比伦的废墟》的芭蕾舞剧中初露锋芒。这时,弗洛朗蒂纳算起来已是芳龄十六。在她登台之后不久,卡陶老头在她看来就已经像一个老守财奴了;不过他总算为人精细,懂得一位快活剧院的舞蹈演员需要维持的身份地位,于是把每月的津贴增加到五百法郎,这样一来,即使他不再是一个天使,至少还是一个终身的朋友,再世的父亲。这算是他的白银时代。

从一八二〇年到一八二三年,弗洛朗蒂纳也取得了十九到二十岁的女演员都会有的经验。她的女友当中颇有些出名的人物:歌剧院的领舞玛丽埃特和蒂丽娅;还有佛洛丽纳,后来还有那可怜的,早早地和艺术、爱情、卡缪索永别了的柯拉莉。由于卡陶小老头又增加了五岁,更陷入这种宽容的半父女关系不能自拔,大凡老头子对自己一手栽培的年轻人才总不免怀有这样一种感情,甚至把年轻人的成就当作他们自己的成就。再说,一个六十八岁的老头到什么地方,用什么方法,能够重新建立这样亲密的关系,重新找到一个弗洛朗蒂纳,一个这样熟悉他的生活习惯,而且在她家里,还可以同朋友们大唱戈迪雄大妈的人呢?于是,卡陶小老头只能在一种无法抗拒的、半婚姻式的束缚下生活。这是他的青铜时代。

卡陶在他的黄金时代和白银时代的那五年里,省下了九万法郎。这个经验丰富的老头儿早就预见到,等他七十岁时,弗洛朗蒂纳也成年了;说不定可以去歌剧院小试身手,那当然就要摆出舞蹈演员的排场了。在举行帮办联谊会的前几天,卡陶老头已经花了四万五千法郎,好让他的弗洛朗蒂纳有点派头,他为她把已故的柯拉莉和卡缪索寻欢作乐的那套房间租了下来。在巴黎,有些住宅和街道一样,都是注定要住什么人的。快活剧院的女演员有了一套讲究的银餐具,就要摆摆酒席,每个月花三百法郎化妆费,出门坐出租马车,还要有女仆、厨娘和小跟班。总而言之,她还眼巴巴地等着歌剧院召唤登台。"金茧"绸缎铺送礼给老老板的时候,就送上等丝绸来讨好弗洛朗蒂纳·卡比罗勒小姐,正如三年以前,对柯拉莉也是有求必应一样。不过这类事情总是瞒着卡陶老头的女儿,他们翁婿二人为了顾全家庭的体面,互相包庇得不漏一点风声。卡缪索太太不知道她丈夫的放荡生活,也不知道她父亲的风流韵事。这样一来,旺多姆街弗洛朗蒂纳小姐家令人眼花缭乱的豪华生活,已经足以使最有野心的配角心满意足了。当了七年的靠山,卡陶觉得自己情意缠绵,脱不了身,就像给一条力大无穷的拖船拖住了似的。这个倒霉的老头子还在自作多情呢!……弗洛朗蒂纳会给他送终的,他也打算给她留下十万法郎的遗产。他的黑铁时代已经开始了。

乔治·马雷斯特每年有三万法郎收入,人又年轻漂亮,正在追求弗洛朗蒂纳。女演员都有恋爱的要求,就像她们的靠山迷恋她们一样,她们也喜欢有个年轻人陪着散步,给她们安排妥当,到郊外去纵情狂欢。一个舞蹈明星虽然不是存心要花她"如意郎君"的钱,但她的奇思异想好比嗜好一样,总要使他破费一点。比如说上馆子吃饭,坐包厢看戏,乘马车去巴黎郊外,又乘马车回来,好酒总要喝个畅快,因为舞蹈演员的生活像古代竞技场上的斗士一样,是要吃得好,玩得好的。乔治也像一般摆脱了严父管束而独立生活的年轻人一样吃喝玩乐,他伯父一去世,他的财产几乎增加了一倍,这更改变了他原来的主意。在他只有父母留给他的一万八千法郎年息的时候,他的抱负是做个公证人;但是,他的堂弟对德罗什的帮办们说过,如果从事一种职业只能挣到多少钱,而已经有了那么多钱还去从事那种职业,那真是愚不可及。因此,首席帮办要摆一次酒宴,来庆祝他自由的新生活,同时一举两得,把这当作他堂弟的入会宴席。弗雷德里克比乔治要稳重得多,他一心一意要走法官的道路。像乔治这样一表人才、聪明伶俐、年轻漂亮的男子,当然可以娶一个家庭富有、在美洲出生的白种女人,照弗雷德里克对他未来的同事们说的,等到拉·弗洛朗蒂娜·伊·卡比罗侯爵夫人老了,他还可以再娶一个漂亮的妙龄少女,而不再要一个门第高贵的夫人。德罗什事务所的帮办都是贫穷出身,从来没有见过大世面,因此都穿上节日盛装,迫不及待地想要见见这位墨西哥的侯爵夫人拉·弗洛朗蒂娜·伊·卡比罗洛。

"真幸运,"奥斯卡一早起来就对高德夏说,"我正好定做了一件新上衣、一条新长裤、一件新背心、一双长筒靴,这回我升第二帮办,我亲爱的母亲还给我准备了一套新行头!她给我买了一打衬衫,里面有六件既带绉领又是好料子……我们也要出头露面了!假如我们有谁能把这个乔治·马雷斯特的侯爵夫人弄到手……"

"那才是德罗什律师事务所帮办的好差事呢!……"高德夏叫道,"你怎么老也克服不了你的虚荣心,小伙子?"

"啊!先生,"恰巧克拉帕尔太太给她儿子送领带来,听到首席帮办的话就说,"上帝保佑我的奥斯卡听您的话就好了!我对他说过不知多少遍:'要学高德夏先生的样,要听他的话!'"

"他还可以,夫人,"首席帮办答道,"不过不该再像昨天那样毛手毛脚了,那叫老板怎么信得过呢?老板想不到这种事还会办不成。他头一回给你儿子一桩差事,要他去弄一份继承案的审判书的副本,那是两兄弟争夺产权的官司,而奥斯卡却上当受骗了……老板气得要命。幸好我对这件办糟了的事还能补救,今天一早六点钟我就去找那个缮写员,他答应明天七点半钟把审判书给我。"

"啊!高德夏!"奥斯卡叫起来,走到首席帮办面前,握住他的手说,"你真够朋友。"

"啊!先生,"克拉帕尔太太说,"一个母亲知道她的儿子有一个像您这样的朋友,真是高兴。您可以相信,我会终身感激您的。奥斯卡,你对那个乔治·马雷斯特可得当心,你一生中头一次栽跟头,就是他惹出来的。"

"那是怎么回事?"高德夏问道。

这个不存戒心的母亲,就对首席帮办简单地讲了讲她可怜的奥斯卡在皮埃罗坦的马车上碰到的倒霉事。

"我敢肯定,"高德夏说,"这个牛皮大王今天晚上又要耍什么花头了……我吗,我不到拉·弗洛朗蒂娜侯爵夫人家里去;我姐姐要我给她拟一个新合同,所以我吃果点的时候就走;不过,奥斯卡,你可得小心提防着点儿。他们说不定要你赌博的,德罗什事务所的人当然不能临阵退缩。拿去,这是一百法郎,我们两个合伙。"这个好伙伴说着就把钱给了奥斯卡,因为奥斯卡付了裁缝和鞋店的欠账,钱袋准是空空的,"要有心眼,记住,输光一百法郎就不要再赌;赌博也好,喝酒也好,都不要忘乎所以。哎!一个第二帮办说话要有分寸,不能下空头赌注,无论什么事,都不应该超过一定的限度。一当上第二帮办,就要想到做诉讼代理人。因此,喝酒不要过量,赌博不要过度,什么都要适可而止,这就是做人的道理。千万不要忘了夜里十二点以前回来,因为明天七点钟你还要到法院去取审判书。玩是可以玩的,不过公事还得先办。"

"你听清楚没有,奥斯卡?"克拉帕尔太太说,"瞧高德夏先生对你多么好,他多么懂得青年人应该工作娱乐两不误。"

克拉帕尔太太看见裁缝和鞋匠找奥斯卡来了,就单独留下和首席帮办谈谈,好把他刚才给奥斯卡的一百法郎还给他。

"啊!先生!"她对他说,"不管您在什么地方,不管您做什么事情,总有一个母亲会给您祝福的。"

当母亲看到儿子穿得焕然一新的时候,真感到无比幸福。她还给他带来一只用自己的积蓄买下的金表,用以奖励他端正的品行。

"下星期征兵要抽签了,"她对他说,"万一你抽到一个倒霉的号码怎么办?我们也该作点准备,所以我去看了你的姑父卡陶;他对你非常满意。听说你二十岁当上第二帮办,在法学院考试成绩又好,他高兴得不得了,答应出钱给你雇一个当兵的替身。一个人只要品行端正,就会得到多少鼓励和支持!你知道了难道不觉得高兴吗?虽然你现在要省吃俭用,但是想想五年之后,自己可以开一个事务所,那是多么幸福!最后,你想想看,我的宝贝,你会使你母亲多么快活啊……"

奥斯卡因为用功,脸颊稍显清瘦,办事的习惯又使他的面部显出一种认真的表情。他已经发育完全,胡子也长出来了,正处在青壮年交替的时期。母亲看着儿子,不由得越看越喜欢,就温存地吻着他说:

"好好玩一回吧,不过千万要记住高德夏先生的话。啊!我差点忘了,这是我们的朋友莫罗送给你的礼物,一个漂亮的皮包。"

"我正需要皮包,因为老板给了我五百法郎,要我去取那份该死的、旺德奈斯兄弟打官司的审判书,我正不想把钱留在房间里。"

"你要把钱带在身上吗?"母亲惊讶地问道,"万一丢了这笔钱怎么办!把钱交给高德夏先生不是更稳当点吗?"

"对!高德夏!"奥斯卡喊道,他觉得母亲的主意非常好。

但是,高德夏像所有的帮办一样,星期天十点钟到两点是办私事的时间,他早已走了。

母亲走后,奥斯卡也到大马路上去逛逛,等着吃饭的时刻到来。打扮得这么漂漂亮亮,得意扬扬,怎么能不出去给人家瞧瞧呢?对于一个初入人世就熬过艰辛的青年人来说,这是一件终生难忘的大事。一件漂亮的、蓝底子交叉领的开司米背心,一条折褶分明的黑色克什米尔呢长裤,一件合体的黑上衣,一根自己攒钱买的、镀金的银柄手杖,这一切使他回想起自己去普雷勒那一天的装束,想起当时乔治给他的印象,这个可怜的小伙子怎能不自然而然地感到高兴呢!奥斯卡眼见自己就要快快活活过一天,晚间要去上流社会开开眼界,见见世面!一个和花花世界隔绝了的帮办,很久以来就向往着花天酒地的生活,一旦能够纵情欢乐,哪里还记得高德夏和他母亲的金玉良言呢?恐怕谁也不会否认这一点!使一个青年人感到羞耻的,是总要别人来开导,来出主意。其实,即使没有早上这番叮嘱,奥斯卡自己也对乔治感到厌恶;因为这个人在普雷勒的客厅里,亲眼看见莫罗把他推倒在德·赛里齐伯爵的脚下,所以他觉得在这个人面前抬不起头来。精神领域内也有毫不容情的客观规律,谁不承认,总要吃亏。其中尤其有一条,连动物都毫无例外,并且要永远遵守,那就是叫我们避开那些有意或无意、有心或无心地伤害过我们的人。一个伤害过我们的身体或心灵的人物,对我们说来永远是不吉利的。不管他的地位多么高,对我们的感情多么深,我们还是不得不和他断绝关系,因为他是我们的灾星。虽然这和基督教的教义有抵触,但是这条严格的规律还是在社会上留存下来。詹姆斯二世①的女儿篡夺了她父王的宝座,其实在她篡位之前,恐怕早已伤害过他多次了。犹大早在出卖耶稣之前,也一定给过他摧残性的打击。在我们身上有一种直觉,那是灵魂的眼睛,它会预感到灾难的来临,我们对那个不吉利的人所感到

---

① 詹姆斯二世(1633—1701),英国国王,查理一世的儿子。

的厌恶,就是这种预感的结果;虽然宗教要求我们克服这种感情,但是怀疑的心理却依然存在,而这种内心的警告是不容忽视的。不过奥斯卡才二十岁,他能有多少先见之明呢?唉!到了两点半钟,奥斯卡走进牡蛎岩饭店,看见餐厅里除了事务所的帮办之外,还有三个客人:一个是龙骑兵的老上尉吉鲁多;一个是能把弗洛朗蒂纳捧上歌剧院舞台的新闻记者斐诺;还有一个是给蒂丽娅捧场的作家杜·勃吕埃,而蒂丽娅是玛丽埃特在歌剧院的对手。第二帮办和这些年轻人刚一握手,一畅谈,面对着堂皇富丽地摆了十二副餐具的餐桌,他感到他那不足为外人道的敌意早已烟消云散,何况乔治还特别向他讨好呢。

"你现在走的是私人外交的道路;"乔治对他说,"一个大使和一个诉讼代理人有什么区别?还不就是一个代表国家打官司,一个代表私人打官司。大使就是全国人民的诉讼代理人啊!如果你有什么事用得着我,请不必客气。"

"老实说,"奥斯卡说道,"我今天不妨实话告诉你,就是你使我闯下了一场大祸……"

"呸!"乔治听帮办讲了他所受的磨难之后说道,"那是德·赛里齐先生自己做得不对呀。他的妻子吗?……这种女人我才不要呢!伯爵虽说是个国务大臣,法兰西贵族议员,我可不愿摊上他那身红皮。他是一个小气鬼,我才不买他的账呢。"

奥斯卡听了乔治挖苦德·赛里齐伯爵的话,觉得很合胃口,因为这些话在某种程度上使他过去所犯的错误显得不那么严重;他也完全同意前任帮办满怀敌意、半开玩笑式的预言,乔治预言贵族就要倒运,而这正是当时资产阶级的梦想,

163

不料一八三〇年竟使这个梦想成了现实。

三点半钟,宴会开始。餐后果点直到八点才摆上来,每一道菜都要吃上两个钟头。只有帮办们才会这样大吃!十八岁到二十岁的胃口,是医学无法解释的事实。酒也不愧为博雷尔的名酒,博雷尔那时已经取代了久享盛名的巴莱纳,①巴莱纳就是这个位居全巴黎乃至全世界酒家之首的,烹调精美、设备完善的饭店的创办者。

吃餐后果点的时候,大家来为这次伯沙撒②的欢宴撰写记录,开头是这样的:Inter pocula aurea restauranti, qui vulgodicitur Rupes Cancali.③根据这个开头,大家猜想得到,在这本帮办联谊会的聚餐记录簿上,又会增添多么精彩的一页。

高德夏在记录簿上签好名之后就走了,剩下十一名酒友,在前御林军上尉的带动下,开怀痛饮,一面喝着芬芳的甜酒,一面吃着堆积得如金字塔和底比斯方尖碑般的新鲜果品。到十点半钟,事务所的小帮办已经烂醉如泥,再也支持不下去;乔治把他塞进一辆马车,付了车钱,把他打发回他母亲家里去了。还有十个酒友,一个个醉得像皮特和邓达斯一般④,见当晚天气很好,还说要从大街步行到拉·弗洛朗蒂娜·伊·卡比罗洛侯爵夫人那里去,他们还想半夜在那儿见社交界名流呢。大家都想多呼吸一点新鲜空气,不过除了乔治、吉鲁多、杜·勃吕埃、斐诺这几个巴黎酒会上的常客以外,谁都走

---

① 巴莱纳是牡蛎岩饭店的创办人,博雷尔是他的继承者。
② 伯沙撒(?—前539),又译伯尔沙扎尔,古巴比伦摄政王,常沉溺于狂欢宴饮,后为居鲁士所灭。
③ 拉丁文:在举世闻名的牡蛎岩饭店狂欢痛饮之际。
④ 皮特(1759—1806)和邓达斯(1742—1811),英国的两位政治家,又是两位酒友,以贪杯闻名于世。

不动了。乔治打发人去马车行租来三辆马车,在环城大马路上逛了一个钟头,从蒙马特尔逛到御座门,再经过贝西,沿着塞纳河岸和环城林荫道,一直到旺多姆街。

酩酊大醉能使年轻人有飘飘欲仙之感,帮办们正在神游奇幻仙境时,他们的东道主把他们带进了弗洛朗蒂纳的客厅。在那里,舞台上的公主们个个光彩夺目。当然,她们早就知道了弗雷德里克要开的玩笑,都在装模作样,学着上流社会仕女的举止风度,开心取乐。这时,她们正在吃冷饮。辉煌的烛火使大烛台闪闪发亮。蒂丽娅、杜·瓦诺布勒夫人和佛洛丽纳的跟班都穿了金线镶边的号衣,用银盘子盛着精致的点心,川流不息地侍候客人。帷幔都是里昂的名产,用金线编的绳子束起,看来令人目眩神迷。地毯上绣的花好像真的花坛。丰富多彩的奇珍异宝令人眼花缭乱。帮办们,尤其是奥斯卡,一开始就给乔治摆布得迷迷糊糊,对拉·弗洛朗蒂娜·伊·卡比罗洛侯爵夫人的事都信以为真了。卧室里摆着四张赌桌,桌上的金币闪闪发光。客厅里,女客们全神贯注地在赌二十一点①,由著名作家拿当坐庄。帮办们醉意蒙眬,在环城林荫道上逛了半天,醒过来还真以为自己置身于阿尔米德②的宫殿呢。奥斯卡由乔治介绍给冒牌侯爵夫人时,简直目瞪口呆,一点也看不出这个女人就是快活剧院的歌舞演员,因为她像个贵族夫人那样袒胸露肩,衣服上还装饰着花边,几乎像是诗集插图上的美女。她接待奥斯卡的优雅姿态,对一个受着严格管束的帮办说来,无论在记忆里还是在想象中,都是无与伦比的。

---

① "二十一点"是一种赌博,一人坐庄,其余的人下注,和庄家比点数,点数多的人胜,但是最多不能超过二十一点。
② 阿尔米德,塔索的《被解放的耶路撒冷》中的女主人公,她的美貌迷住了十字军英雄列诺特,使他宁愿脱离军队,留在她身边。

奥斯卡一看见这套房间富丽堂皇的陈设,这些寻欢作乐、争妍斗艳来为盛会增光添彩的漂亮女人,早已神魂颠倒,这时,弗洛朗蒂纳来拉着他的手,把他带到一张赌"二十一点"的台子前面。

"来,我来给您介绍我的朋友,美丽的昂格拉德侯爵夫人……"

她于是把可怜的奥斯卡带到漂亮的法妮·鲍普莱面前,两年来,法妮已经在卡缪索心中取代了已故的柯拉莉。这个青年演员因为刚在圣马丁门剧院轰动一时的情节剧《昂格拉德之家》中扮演侯爵夫人而获得盛名。

"瞧,亲爱的,"弗洛朗蒂纳对法妮说,"我给你找来一个讨人喜欢的、可以合伙打牌的小伙子。"

"啊!那可太好了!"女演员打量了奥斯卡一眼,带着迷人的微笑答道,"我正输了钱要翻本呢,您加入半股好不好?"

"侯爵夫人,我听您吩咐。"奥斯卡在漂亮的女演员身边坐下说。

"拿出钱来,"她说,"我来下注,您会给我带来好运气的!瞧,这是我最后的一百法郎了……"

这个冒牌侯爵夫人从钱袋里拿出五个金币,开关钱袋的活动环上还镶着钻石。奥斯卡也拿出一百法郎,但却是二十个银币,把这些不体面的银币和金币混在一起,他已经觉得丢脸了。才打了十盘,女演员就把这两百法郎输光了。

"唉,真倒霉!"她叫起来,"我要坐庄。我们还是合伙赌下去,好不好?"她对奥斯卡说。

法妮·鲍普莱已经站起来,年轻的帮办看见自己和她一样成了全桌注视的目标,不好意思临阵退却,也不敢说他钱袋里已经一个钱也没有了。他好像成了哑巴,舌头变得沉重,仿佛粘在上颚上了。

弗洛朗蒂纳把奥斯卡介绍给漂亮的法妮·鲍普莱。

"借五百法郎给我。"女演员对舞蹈演员说。

弗洛朗蒂纳从乔治那里拿来五百法郎,乔治刚刚一连赢了八盘。

"拿当赢了一千二百法郎。"女演员对帮办说道,"庄家总是赢的;我们不必担心。"她低声凑着他的耳朵说。

所有心肠好、想象力丰富而又有一定阅历的人自然不难理解,可怜的奥斯卡怎样不得不打开他的皮包,拿出五百法郎钞票来。他瞧着那个名作家拿当和佛洛丽纳一起下着大注,想要倒庄。

"喂,小伙子,抓钱吧!"法妮·鲍普莱对奥斯卡叫道,同时示意把佛洛丽纳和拿当押的两百法郎收进来。

女演员对输家冷嘲热讽,毫不容情。她还插科打诨,使得赌局更加热闹,却使奥斯卡觉得她有失身份;但是头两盘就赢了两千法郎,人一高兴,就懒得仔细思考了。奥斯卡真想假装不舒服,撇下他的合伙人,自己溜之大吉;可是面子问题把他钉在那儿。再打三盘,赢来的钱又都输掉了。奥斯卡感到背上冷汗直流,酒意也已完全消失。最后两盘把他们共同的赌本一千法郎输了个一干二净;奥斯卡觉得口渴得要命,一口气接连喝了三杯冰冻五味酒。女演员还在胡聊瞎扯,把倒霉的帮办带到卧室去。但是,一进卧室,奥斯卡便感到自己闯下的大祸沉重地压在心头,德罗什的脸孔也如梦幻一般出现在眼前,他躲到一个阴暗的角落里,坐在一张漂亮的长沙发上,用手帕遮着眼睛,哭泣起来!弗洛朗蒂纳一眼看见这个老实人的痛苦模样,连一个喜剧演员也不得不感动了;她跑到奥斯卡面前,掀起他的手帕,看见他在流泪,就把他带到小客厅里。

"你怎么啦,我的宝贝?"她问道。

听见这种声音、这种字眼、这种语调,奥斯卡在女性的慈爱中听出了母性的慈爱,就回答道:

"我输掉五百法郎,那是老板给我,要我明天去取回一张审判书的。我现在没脸见人,只好去投水自尽了……"

"你怎么这样傻!"弗洛朗蒂纳说道,"等一等,我去给你拿一千法郎来,你好去翻本;不过,你只许赌五百法郎,剩下的钱要还你的老板。乔治打双人扑克打得很好,你去和他押一边吧……"

奥斯卡处在这样苦命的地位,只好接受女主人的提议。

"啊!"他心里想,"只有侯爵夫人才有这种派头……又漂亮,又高贵,又有钱!这个乔治真是幸运!"

他从弗洛朗蒂纳手里接过一千法郎金币,就来和那个叫他吃过苦头的人一同赌博。乔治在奥斯卡来到以前已经赢了四盘。赌客一见来了一个新手,都很高兴,因为他们凭着赌客的直觉,一起去押帝国时代的老军官吉鲁多那一边了。

"诸位先生,"乔治说道,"你们中途变卦要吃亏的,我觉得我的好手气还没有完哩。——来,奥斯卡,我们要叫他们输个精光!"

不料乔治和他的伙伴却一连输了五盘。输掉一千法郎之后,奥斯卡也赌红了眼,想要自己打牌。头一次赌博的人总会走运,他居然赢了;但是乔治出的主意使他乱了方寸:乔治要他换掉几张牌,并且时常把牌从他手里抢过去,结果两个人意见不一致,各有各的灵感,反而破坏了这一点好运气。所以,快到早上三点钟的时候,老在喝五味酒的奥斯卡在运气好转,意外地赢了几盘之后,最后又输得只剩下一百法郎。他站起来,头重脚轻,昏昏沉沉,走了几步,就倒在小客厅的一张长沙发上,闭上眼睛,沉入梦乡了。

"玛丽埃特,"法妮·鲍普莱对半夜两点钟才来的高德夏的姐姐说,"你明天来吃晚饭吗?卡缪索会同卡陶老头一起来,我们来气气他们两个好吗?……"

"怎么!"弗洛朗蒂纳叫道,"我的鬼老头可没有关照我呀。"

"他今天早上会来告诉你的,他还要来唱戈迪雄大妈呢,"法妮·鲍普莱接着说,"这是他来祝贺乔迁之喜最起码的见面礼啊,这个小气鬼。"

"让他们这些胡闹的酒客见鬼去吧!"弗洛朗蒂纳叫道,"他和他的女婿,真比法院的法官、戏院的老板还坏。不过话说回来,我们这里的确吃得挺好,玛丽埃特,"她对歌剧院的舞蹈演员说,"卡陶总是在舍韦酒家订菜;你同你的摩弗里纽斯公爵一起来吧,我们来好好地玩玩,叫他们跳三步舞!"

听见卡陶和卡缪索的名字,奥斯卡挣扎了一下,要和睡意作斗争;但他只模模糊糊地说了一句谁也不懂的话,又倒在天鹅绒椅垫上睡着了。

"瞧,你今晚还有过夜的客人呢。"法妮·鲍普莱笑着对弗洛朗蒂纳说。

"啊!这个倒霉的小伙子!他赌运不好,又喝多了五味酒,就醉倒了。他是你弟弟那个事务所的第二帮办。"弗洛朗蒂纳对玛丽埃特说,"他输掉了他老板给他去办事的钱,要去自杀。我借了一千法郎给他,却又给斐诺和吉鲁多这班强盗赢去了。倒霉的老实人!"

"那得把他叫醒,"玛丽埃特说,"我弟弟从来不说玩笑话,他的老板更加认真。"

"啊！要是你做得到，你就把他叫醒，并且把他带走吧，"弗洛朗蒂纳说，随后转身回到客厅，去送那些要告辞的客人。

大家又跳起了一种所谓性格舞，一直跳到天亮，弗洛朗蒂纳玩得精疲力尽，才去睡觉，根本忘记了奥斯卡，谁也没有想起他，他自己更是沉睡不醒。

大约上午十一点钟，帮办给说话的声音吵醒了，他吓了一跳，听出这是他姑父卡陶的声音，为了避免麻烦，他就假装还在熟睡，把脸埋在漂亮的黄天鹅绒椅垫里，他在这上面已经过了一夜。

"真的，我的小弗洛朗蒂纳，"道貌岸然的老人说，"你真是不懂事，又不听话。昨天晚上刚跳过《巴比伦的废墟》，怎么又狂欢暴饮过了一夜？这会毁掉你的青春的！更不用说祝贺乔迁之喜居然没有我的份儿，反而瞒着我同些陌生人在一起胡闹，这的确有一点忘恩负义！……谁晓得出过什么事呢？"

"老怪物！"弗洛朗蒂纳叫道，"你不是有一把钥匙，随时随刻都可以进来吗？舞会五点半钟才完，十一点你就把我吵醒了，真是狠心！……"

"已经十一点半了，蒂蒂纳①，"卡陶低声下气地指出，"我起了一个大早，到舍韦酒家去订了一桌大主教才配吃的好酒席……他们把地毯都踩坏了；你招待的是些什么人呀？……"

"你有什么可以抱怨的呢？法妮·鲍普莱告诉我说你同卡缪索要来，为了讨你喜欢，我就请了蒂丽娅、杜·勃吕埃、玛

---

① 蒂蒂纳是弗洛朗蒂纳的爱称。

丽埃特、德·摩弗里纽斯公爵、佛洛丽纳和拿当。这样,你一下子就见到舞台灯光下出现过的五个最漂亮的美人了!她们还会给你跳和风舞①呢。"

"过这样的生活简直等于自杀!"卡陶老头叫道,"打破了多少玻璃杯啊!简直像抢劫!看了这前厅真叫人寒心……"

这时,好好先生忽然一愣,仿佛是一只给毒蛇威慑住的小鸟一样,一动不动。原来他一眼看见一个黑衣青年的侧影。

"啊!卡比罗勒小姐!……"他到底开腔了。

"怎么,什么事呀?"她问道。

舞蹈演员的眼光随着卡陶小老头的眼光望去;当她认出第二帮办的时候,禁不住狂笑起来,这不但使得小老头莫名其妙,也使奥斯卡不得不露面了。弗洛朗蒂纳拉住他的胳膊,一看见这位姑父和他内侄不知所措的脸孔,又扑哧一声笑了起来。

"你怎么来了,我的侄子?……"

"啊!他是你的侄子?"弗洛朗蒂纳叫道,她狂笑的声音又迸发了,"你可从来没有对我谈过这个侄子呀。"——"怎么,玛丽埃特没有把你带走?"她对发呆的奥斯卡说。——"这个倒霉的小伙子,他该怎么办呢?"

"随他自己的便。"卡陶老好人冷冷地回答,并且朝着门外走去。

"等一等,卡陶爸爸,你来帮帮你侄子的忙吧,这都怪我,他拿他老板的钱来赌博,输掉他老板的五百法郎,还输掉我给他翻本的一千法郎。"

---

① 和风舞是一只脚跳,一只脚摇摆的舞蹈。

"该死的东西,年纪轻轻就输掉一千五百法郎?"

"啊!姑父,姑父!"可怜的奥斯卡叫道,他听了他姑父的话,才彻底明白他的处境多么可怕,就双手合十,跪倒在他姑父面前,"现在已经是中午了,我完蛋了,没脸见人了……德罗什先生是严酷无情的!这是一场重要的官司,他要不赢,就会丢面子,所以要我今天早上去找缮写员取旺德奈斯兄弟打官司的审判书!但是出了什么事呀?……叫我怎么办呢?看在我父亲和我姑母的分上,救救我吧!……同我去找德罗什先生,替我讲讲情,给我找个借口吧……"

奥斯卡一边说,一边哭,一边抽噎,连卢克索沙漠里的斯芬克司听了也会感动的。

"怎么,老吝啬鬼,"舞蹈演员流着眼泪叫道,"难道你要让你的侄子丢脸吗?你发财都是靠了他父亲啊。他不是叫奥斯卡·于松吗?救救他吧,否则,莫怪蒂蒂纳翻脸不认人!"

"他怎么会在这里的?"老头问道。

"哎!就因为耽误了去取那张审判书的时间;难道你没看见他喝醉了酒,又困又累,就倒在那里睡着了吗?都怪乔治和他的堂弟弗雷德里克,他们昨天请德罗什的帮办们在牡蛎岩饭店大吃了一顿。"

卡陶老头瞧着舞蹈演员,有点踌躇。

"你得了吧,老猴子,如果事情不是这样,我不会把他藏起来吗?"她又叫道。

"拿去,这是五百法郎,坏东西!"卡陶对他的内侄说,"从今以后,你再也休想得到我的钱了!你自己去向老板求情吧,要是你做得到的话。至于小姐借给你的一千法郎,我替你还;不过,我再也不愿听到你的事了。"

奥斯卡也不愿再听下去，赶快一走了之；但是一到街上，他又茫然不知所措了。

在这个可怕的早晨，毁人的命运和救人的命运在奥斯卡身上可说是势均力敌；不过，碰到一个遇事不肯放松的老板，他也只好自认倒霉。玛丽埃特回到家里，怕她弟弟的小伙计会出岔子，就给高德夏写了一封信，告诉他奥斯卡醉酒和输钱的事，信里还放了一张五百法郎的钞票。这位好心的女子嘱咐她的女仆在七点钟以前把信送到德罗什事务所去，自己就去睡了。而高德夏六点钟起床的时候还没有看见奥斯卡，心里也猜到了八九分。他在自己的积蓄里拿出五百法郎，立刻跑到缮写员那里去取审判书，好在八点钟的时候，让德罗什能在给当事人的通知书上签字。德罗什总是四点钟起床，七点到办公室。玛丽埃特的女仆在顶楼上没有找到她女主人的弟弟，下楼到办公室来，看见德罗什，自然就把信交给他。

"是事务所的公事吗？"老板问道，"我就是德罗什先生。"

"您看看吧，先生。"女仆答道。

德罗什打开信来读了一遍，看见信里还有一张五百法郎的钞票，就回到他的小办公室去，对他的第二帮办非常不满。七点半钟，他听见高德夏在口授关于审判书的通知，另一个首席帮办在抄写，又过了一会儿，好心眼的高德夏得意扬扬地走进老板的房间。

"是奥斯卡·于松今天早上到西蒙那里去的吗？"德罗什问道。

"是的，先生。"高德夏答道。

"那么，是谁给他钱的？"诉讼代理人又问。

"是您星期六给他的。"高德夏回答。

174

"怎么,五百法郎的钞票满天飞啦?"德罗什叫道,"听我说,高德夏,你是一个好心肠的年轻人;不过对小于松不能太宽宏大量,他不配。我恨傻瓜,但我更恨那些不管人家怎样像父兄般无微不至地照顾他,却还要明知故犯的人。"

他把玛丽埃特的信和她送来的五百法郎钞票交给高德夏。"对不起,我拆了这封信,"他接着说,"因为你姐姐的女仆说这是事务所的公事。你给我把奥斯卡辞掉吧。"

"这个可怜的小倒霉鬼给我添了不少麻烦!"高德夏说,"乔治·马雷斯特这个大流氓真是他的灾星,他应该像躲避瘟神一样躲开他;要是他们第三次再碰头的话,真不知道还会发生什么事呢。"

"这是怎么回事?"德罗什问道。

高德夏就把普雷勒旅途中发生的招摇撞骗的故事,简单地讲了一遍。

"啊!"诉讼代理人说,"从前,约瑟夫·勃里杜对我讲过这件荒唐事;要不是有这次巧遇,我们还得不到德·赛里齐伯爵的照顾,帮不了勃里杜兄弟的忙呢。"

这时,碰巧莫罗来了;因为在旺德奈斯兄弟争夺继承权的官司里,他也有一笔大买卖可做。侯爵打算把旺德奈斯的地产零售,他的弟弟伯爵不同意。地产商人进来,当头一棒似的听到德罗什对他的前第二帮办大发雷霆。他抱怨这个年轻人不争气,认为他不会有出息,结果连这个倒霉孩子最热忱的保护人也心灰意懒,认为奥斯卡的虚荣心简直重得不可救药了。

"让他去做律师吧,"德罗什说,"他只要通过学位论文就可以了;干那一行,他的缺点也许会变成优点,因为律师的口才有一半是自尊心促成的。"

这时克拉帕尔已经病倒，由他的妻子照料护理，这是一件吃力不讨好的苦事。小职员折磨着他可怜的老婆，在这以前她还不知道，一个半痴半呆、贫穷潦倒、阴险凶狠的人整天和你面面相对的时候，会做出多么残酷的无聊事，开出多么恶毒的玩笑。他最得意的事，是用尖酸刻薄的语言来刺伤这个母亲心灵上最敏感的地方，他对于这可怜女人的心事也猜到了几分：她最担心的是奥斯卡的前途、他的行为和他会出的差错。的确，一个母亲受过一次类似普雷勒事件的打击之后，总是不断地为她的孩子担惊受怕的；每当妻子夸奖奥斯卡的成绩时，克拉帕尔都能透过外表看出她是想掩盖内心的忧虑，他偏要随时揭她的疮疤。

"奥斯卡毕竟算是没有辜负我对他的期望；我早就想到，普雷勒路上的事不过是年轻人的轻率大意而已。哪有年轻人不犯错误的？这个可怜的孩子！他总算熬过来了，假若他可怜的父亲还活在世上，他就用不着吃这些苦了。但愿上帝保佑他学会克制自己！"如此等等。

在旺多姆街和贝蒂西街的祸事接连发生的时候，克拉帕尔还穿着一件蹩脚的寝衣，坐在火炉边上，瞧着他老婆在卧室的壁炉前，忙着为他煎汤熬药，同时为自己做午饭。

"天呀，我多么想知道奥斯卡昨天怎么过的！他要去牡蛎岩饭店吃饭，晚上还要到一个侯爵夫人家里去……"

"啊！你就耐心等着瞧吧，早晚总会知道葫芦里卖的是什么药。"丈夫对她说，"难道你还真相信有这么一个侯爵夫人吗？一个像奥斯卡这样五官齐全、又爱花钱的小伙子，哪怕花金子也要到空中楼阁里去找个侯爵夫人的！总有一天，他会背着一身债来找你……"

"你为什么要凭空捏造一些事来气我!"克拉帕尔太太叫道,"你怪我的儿子吃掉了你的薪水,其实,他从来没有用过你一文钱。近两年来,你没有什么借口可以说奥斯卡的坏话了,因为他现在当上了第二帮办,而他的一切都是靠他的姑父和莫罗先生供给的,再说,他自己还有八百法郎薪水呢。等到我们老了还有饭可吃,恐怕都得靠这个孩子哩。你的确是不公道的了……"

"我是有言在先,你却说这是不公道!"病人尖酸地回嘴说。

这时,门铃响得很急。克拉帕尔太太跑去开门,把莫罗带进头一间房。莫罗先来报信,免得这可怜的母亲突然听到奥斯卡闯下的祸事,会经受不起这个沉重的打击。

"怎么! 他输掉了事务所的钱?"克拉帕尔太太哭着叫道。

"哼! 我不是早说过了吗!"克拉帕尔叫起来,他出于好奇,像个幽灵似的溜到客厅门口。

"那么,将来怎么办呢?"克拉帕尔太太问道,她心里太痛苦,对克拉帕尔的冷嘲热讽已经充耳不闻了。

"假如他是我家里的人,"莫罗答道,"我会心平气和地让他抽签当兵去;要是他抽到一个倒霉的号码,我也不会出钱雇人顶替他。这是你儿子为了虚荣做出的第二桩蠢事。不过话得说回来,虚荣心也许会使他干出一番轰轰烈烈的事业,那么当兵正是适得其所。再说,当六年兵会使他变得稳重一点;既然他只差通过论文就可以得到学位,如果他还想干律师这一行的话,那正如俗话说的,死里逃生之后,二十六岁能当上律师也不算倒运了。这个挫折对他说来至少是一次严厉的惩罚,他也该取得一点经验,养成一点听话的习惯。在去法院实习之前,在人生的道路上也该有个实习的阶段啊。"

"要是你对自己的儿子会作出这样的决定,"克拉帕尔太太说,"那在我看来,父亲的心和母亲的心是大不相同了。我可怜的奥斯卡去当兵?……"

"难道你宁愿看着他在做出丢脸的事情之后,就头朝前、脚朝后地跳下塞纳河去?他做诉讼代理人都不够格;难道你还认为他可以当上律师?……在他这样不懂事的年龄,他会变成一个什么样的人呢?只会变成一个不中用的家伙。而军队里的严格纪律,说不定还可以成全他……"

"他不能到另外一个事务所去吗?他的姑父卡陶一定会雇人替他当兵的,他会把他的学位论文献给他的姑父。"

这时,一辆马车装着奥斯卡的全部动产,叽叽嘎嘎地驶来,这个倒霉的年轻人说到就到了。

"啊!你回来了,我的花花公子?"克拉帕尔叫道。

奥斯卡拥抱了他的母亲,把手伸出来和莫罗握手,莫罗却连手也不伸出去,这种瞧不起人的无言责备,使奥斯卡狠狠地瞪了莫罗一眼,孩子还从来没有这样大胆过。

"听着,克拉帕尔先生,"成了大人的孩子说道,"你把我可怜的母亲折磨得要死,那是你的权利;因为她不幸是你的妻子。至于我呢,那却是另外一回事!我还有几个月就成年了:即使我还没有成年,你也没有资格管我。我从来没有要你帮过一点忙。多亏在座的这位先生,我没有花过你一文钱;我对你没有什么感激之情;因此,别来管我的事。"

克拉帕尔听了这番责备,又一声不响地坐到炉边的靠背椅上去了。二十岁的年轻人刚受了他的朋友高德夏一顿批评,肚里正没有好气,说起话来还像第二帮办一样头头是道,驳得这个愚昧无知的病人无言对答。

"您在我这个年纪的时候,要是受到同样的引诱,恐怕也难免不犯错误。"奥斯卡对莫罗说道,"德罗什认为这个错误严重得不得了,我看也没有什么了不得。我懊恼的是自己瞎了眼,把快活剧院的弗洛朗蒂纳当成侯爵夫人,把一些戏子和舞女当成上流社会的贵妇人,而不是逢场作戏,输了一千五百法郎。在那种花天酒地的场合,大家都喝得醉醺醺的,连高德夏也不例外,更何况我呢!不过这一次,我最多也只害了我自己一个人。现在我已经知过改过了。如果您还愿意帮助我的话,莫罗先生,我敢向您发誓,在我当帮办的这六年里,在我正式开业之前,我保证不会……"

"算了吧!"莫罗说道,"我自己还有三个孩子呢,我什么也不敢保证……"

"好了,好了,"克拉帕尔太太用责备的目光瞧了莫罗一眼,对她的儿子说道,"还有你姑父卡陶呢……"

"再也没有什么姑父不姑父了。"奥斯卡答道,他把旺多姆街发生的事讲了一遍。

克拉帕尔太太觉得两腿发软,再也支持不住了,她倒在餐室里的一张椅子上,好像受了电击似的。

"祸事全都来了!……"她说着就晕了过去。

莫罗把这个可怜的母亲抱起来,走进她的卧室,把她放在床上。奥斯卡却一动不动地待着,也像受了电击一样。

"你只好去当兵了,"地产商回来后对奥斯卡说,"克拉帕尔这个蠢货恐怕活不了三个月,丢下你母亲一个钱的收入也没有,难道我不该省下一点钱来留给她用吗?这是我不能当着你母亲的面对你说的话。当了兵,你有现成饭可吃,还可以仔细思考思考,对一个没有财产的孩子来说,生活是多么不容易。"

"也许我会抽到一个走运的号码。"奥斯卡说。

"那以后怎么办呢?你母亲对你已经仁至义尽:她让你受了教育,把你引上正路,但是你自己不争气,你还打算怎么办?没有钱,什么事也做不成,这一点你今天总该明白了吧;而你又不能脱掉礼服,换上工装去干粗活。再说,你母亲这样爱你,要是看见你干下贱活,她也会活活气死的,你又怎么忍心呢?"

奥斯卡一坐下,眼泪就禁不住簌簌地流了出来。他今天才懂得了这番话,而在他第一次犯错误的时候,这种话却是一句也听不进去的。

"没有财产的人就应该没有缺点。"莫罗说时,没有想到这句严酷无情的至理名言说得多么深刻。

"我的命运不会长久悬而不决的,后天我就去抽签。"奥斯卡答道,"从现在起,我要决定我自己的前途。"

莫罗的样子虽然严峻,心里却非常难过,他无可奈何地让樱桃园街这家人难过了三天。三天之后,奥斯卡抽到了二十七号。普雷勒的前任总管为这个可怜的孩子着想,还是鼓起勇气去向德·赛里齐伯爵先生求情帮忙,把奥斯卡调进了骑兵团。原来这位国务大臣的儿子以不太好的成绩在综合理工学院毕业之后,也应征入伍了,因为受到照顾,他在德·摩弗里纽斯公爵的骑兵团当少尉。这一来奥斯卡不幸中还有点儿小运气,就是在德·赛里齐伯爵的保举下,编入了这个光荣的骑兵团,而且可望在一年之后升为军需官。这样一来,命运就把前任帮办安排在德·赛里齐先生的公子麾下了。

克拉帕尔太太受到这些灾难的沉重打击,心灰意懒,几天之后,却又悔恨交加,一个青年时代行为轻佻,老来幡然醒悟的母亲总是这样的。她认为自己是个苦命人。再醮后所受的折磨,她儿子闯下的祸事,她以为都是上天的报应,谁叫她年轻时一味寻欢作乐呢?到老来只好落得个受苦受罪了。她越想越觉得有道理。这个可怜的母亲就到圣保罗教堂去忏悔,这是她四十年来头一回啊!戈德隆神甫劝她虔诚修行。一个像克拉帕尔太太这样心地善良而又受过苦难的人,自然而然要变成信女了。这位督政府时代的阿斯帕西一心想要赎罪,好祈求上帝降福给她可怜的奥斯卡,所以不久就参加了各种宗教活动,投身于最虔诚的宗教事业。在她细心照料之下,克拉帕尔先生竟然死里逃生,继续折磨着她,而她却以为她的苦心已经引起上天的眷顾,并且把这个懦弱无能的人对她的虐待,看成是上帝恩威并施的考验。此外,奥斯卡的行为也无懈可击,到一八三〇年,他已被提升为德·赛里齐子爵骑兵连的军士长,等于常备军的少尉,因为摩弗里纽斯公爵的骑兵团是直属王家近卫军的。奥斯卡·于松那时已经二十五岁。由于王家近卫军总是驻扎在巴黎或者京郊三十法里以内,他有空就常来看看母亲,对她诉说他的苦恼。他已相当懂事,看出了他升官的机会甚微。那个时期,骑兵中的官衔几乎全包给贵族家庭的次子幼弟,姓氏前面没有贵族称号的平民很难得到提升。因此,奥斯卡的雄心大志就是脱离近卫军,到常备军的骑兵团去当少尉。一八三〇年二月,戈德隆教士已经升为圣保罗教堂的本堂神甫,克拉帕尔太太求他帮忙,得到太子王妃的保荐,奥斯卡才被提升为少尉。

虽然从外表看来，雄心勃勃的奥斯卡对波旁王室非常忠诚，但在内心深处，这个前任帮办却是自由派。因此，在一八三〇年的斗争①中，他就转到民众这边来了。这次变节碰上了一个关键时刻，显得非常重要，奥斯卡于是引起了公众的注目。在八月庆功授奖的时候，奥斯卡升了中尉，获得荣誉勋位十字勋章，当上拉法耶特将军的侍从副官，到一八三二年，将军又提升他为上尉。当这位热爱共和国的将军被解除王国国民自卫军总司令职务的时候，奥斯卡·于松对新王朝的忠诚简直近乎狂热，到王太子第一次远征非洲时，他就当上了骑兵团上尉②。那时，德·赛里齐子爵是这个团的中校团长。在马克塔战役③中，他们在战场上被阿拉伯人打败，德·赛里齐先生受伤，压在他那战死的坐骑下面。于是奥斯卡对他的骑兵连说：

"弟兄们，为国捐躯的时候到来了，我们决不能丢下我们的团长……"

他带头向阿拉伯人冲去，他的士兵受到鼓舞，也跟着他向前冲。阿拉伯人意外地受到反击，措手不及，竟被奥斯卡把子爵救起，抱上战马，飞奔而去，可是在这场激烈的混战中，他的左臂被阿拉伯人的弯刀砍了两刀。论功行赏，奥斯卡的英勇行为，使他得到了荣誉勋位军官十字勋章，并被提升为中校。他把德·赛里齐子爵救回之后，又尽心照料，关怀备至，一直

---

① 指一八三〇年的七月革命。
② 骑兵上尉等于炮兵少校。
③ 指一八三五年六月二十八日法国殖民军在阿尔及利亚奥兰省马克塔河畔与阿卜杜·卡迪尔亲王率领的地方武装之间的一次战斗，结果法军大败，死伤惨重。

等到子爵的母亲赶来接子爵。但大家都知道,子爵由于伤势太重,还是死在土伦了。德·赛里齐伯爵夫人将这个舍己救人、尽心看护他儿子的恩人视同己出。奥斯卡的伤势危险,伯爵夫人带来为儿子治病的外科医生只得把他的左臂截去。德·赛里齐伯爵也原谅了奥斯卡在普雷勒旅途中所说的蠢话,他把独生子葬在赛里齐堡邸的教堂墓地之后,竟觉得自己在情义上欠了奥斯卡一笔债。

马克塔战役之后又过了好几年,在五月的一天早上八点钟,在圣德尼城郊大道银狮旅馆的旁门下,站着一个身穿黑衣的老妇人,她扶着一个三十四岁的男子,过往行人很容易看出这个男子是退伍军官,因为他断了一只胳臂,翻领的扣眼上还别着一枚玫瑰花形的荣誉勋章,他们当然是在等班车。皮埃罗坦现在是瓦兹河谷长途客车行的老板,他的马车经过圣勒-塔韦尼和亚当岛,一直开到丽山,他当然很难认出这个脸孔晒得黑黑的军官,就是他当年送到普雷勒去的小奥斯卡·于松。克拉帕尔太太终于成了寡妇,她也和她儿子一样不容易认出来了。克拉帕尔在费希谋杀案中[①]无辜受害,他一辈子没给妻子带来什么好处,这一死反倒成全了她。他素来游手好闲,无所事事,喜欢站在神庙街看热闹,炸弹一响他送了命,法令规定抚恤死难者家属,可怜的信女于是因丈夫的遭难而得到了一千五百法郎的终身年金。

马车前面套了四匹花斑灰马,这样四匹马,即使给王家驿

---

① 一八三五年七月二十八日,费希密谋在神庙街炸死国王路易-菲力浦,结果并未伤及王室成员。

运行拉车也没有什么说不过去的。车子分为前座、内座、后座、上座,很像今天还在凡尔赛公路上同两条铁路竞争的威尼斯轻舟式马车。它既结实,又轻便,油漆一新,装饰华美,车厢壁上钉着精致的蓝色绒布,窗子上挂着绘有阿拉伯图案的窗帘,座位上有摩洛哥的红羊皮软垫。这辆瓦兹之燕坐得下十九个旅客。皮埃罗坦虽然已经五十六岁,看起来还是老样子,穿着一件罩衫,里面是件黑色上衣,他抽着烟斗,督促两个穿号衣的搬运夫把一些大包小箱抬到马车的大顶篷上去。

"你们订了位子没有?"他问克拉帕尔太太和奥斯卡,同时瞧着他们,仿佛在记忆里搜索,看看他们是不是旧相识。

"订了,我的仆人贝勒让伯给我们订了两个内座的位子,"奥斯卡答道,"他大概是昨天晚上来订的。"

"啊!先生是去丽山上任的税务官,"皮埃罗坦说,"您是来接替马格隆先生的侄儿的……"

"是的。"奥斯卡答道,他捏捏他母亲的胳膊,让她不要开口。

这一回轮到军官要隐姓埋名了。

就在这时,奥斯卡忽然听到乔治·马雷斯特在街上的叫声,不禁打了一个哆嗦。

"皮埃罗坦,你车上还有空位子吗?"

"我觉得您叫我一声'先生',也不会把嘴叫破啊!"瓦兹河谷长途客车的车行老板毫不客气地答道。

要不是听见这熟悉的声音,奥斯卡简直就认不出这个招摇撞骗,叫他倒过两次大霉的人来。乔治的头差不多已经秃光,只有耳朵上边还剩下三四绺头发,他小心在意地梳了上去,想尽可能遮住他的光脑壳。他胖得不像样子,肚子鼓得像个大梨,昔日美少年的翩翩丰采已荡然无存。他的神态举止都不堪入目,满脸酒刺,相貌粗俗,仿佛醉醺醺的,说明他情场失意,一直过着狂嫖滥饮的生活。他的眼睛已经失去青春的光辉和蓬勃的朝气,那是只有养成生活规规矩矩、学习孜孜不倦的习惯,才能长久保持的。他的装束似乎是不修边幅,一条又皱又旧的束脚长裤,却没有一双漆皮鞋来配套。他的皮鞋后跟很厚,擦得也不亮,看来至少穿了三个季度,而巴黎的三个季度就等于外地的三年。一件褪色的背心,一条打得挺神气的旧缎子领带,都能叫人看出当年的公子哥儿多么不甘心陷入贫困的境地。最后,乔治一大清早出来,没有穿晨礼服,却穿了晚礼服,这更是穷途潦倒的明显征象!这套晚礼服参加过多少次舞会啊!而今却像它的主人一样,从昔日的豪华气派沦落到日穿夜磨的地步。黑呢接缝的地方露出白线,衣领上满是油腻,袖口也磨成了犬牙状。而乔治居然还戴了一副黄手套,手套其实也有点脏,一只手套还有一块凸起的地方,惹人注目,表明手指上戴着一枚纹章戒指。领带装模作样地用一个金环别住,周围还有一根好像头发编成的丝质链条,链条另外一头当然有一块怀表。他的帽子虽然戴得与众不同,但比别的穷相更容易泄露天机,说明他不得不过一天算一天,拿不出十六个法郎来买一顶新帽子。弗洛朗蒂纳当年的心上人还挥动一根手杖,镀金的圆柄上雕了花,但是现在已经凹凸不平了。蓝色的长裤,格子呢的背心,天蓝色的缎子领带和粉红的条纹布衬衫,说明他虽然垮了台,却还想露露脸,这种力不从心的鲜明对照,不但使他更加出丑,而且对别人是个教训。

"这个人是乔治吗?……"奥斯卡心里想,"我离开他的时候,他一年还有三万法郎的收入呢。"

"德·皮埃罗坦先生的前座还有空位子吗?"乔治讥讽地问道。

"对不起,我的前座已经包给一位法国贵族院的议员,莫罗先生的女婿德·卡那利男爵先生,还有他的夫人和岳母。只有内座还剩一个空位子。"

"真见鬼!看来不管哪个政府执政,法国贵族院的议员都看中了皮埃罗坦,要坐你的马车旅行。我就坐内座的位子吧。"乔治想起了德·赛里齐先生的事,这样答道。

他察言观色似的看了看奥斯卡和那个寡妇,但既没有认出儿子,也没有认出母亲。奥斯卡的脸色给非洲的太阳晒黑了;他嘴唇上边的胡子非常密,连鬓胡子也很多,凹下去的脸孔和突出的五官,配上军人的姿态倒挺相称。还有玫瑰花形的荣誉勋章,断了的胳臂,朴素的衣着,都会使乔治不敢相信这是他当年坑害过的人。至于克拉帕尔太太,乔治本来就不太认识,她十年来一丝不苟地献身给最虔诚的修行,更加使她前后判若两人。谁也猜想不到这个穿灰色修女服的女人竟是一七九七年的名媛之一。

一个非常臃肿的老头,衣着并不讲究,样子却很有钱,缓慢而笨重地走来了,奥斯卡一眼就认出这是莱杰老爹;老头很熟悉地招呼皮埃罗坦,马车行老板对他毕恭毕敬,哪个地方的人不尊敬百万富翁呢!

"嘿!这是莱杰老爹!越来越发福了。"乔治叫道。

"请问尊姓大名?"莱杰老爹干巴巴地问道。

"怎么!您不认得阿里总督的朋友乔治上校了?有一回我们同车旅行过,还有微服出行的德·赛里齐伯爵呢。"

背时倒运的人最常做的蠢事,就是总要表示认识别人,同时希望别人记得自己。

"您变得太厉害。"年老的地产商答道,他已经成了双料的百万富翁。

"一切都变了,"乔治说,"您看银狮旅馆和皮埃罗坦的马车,是不是还像十四年前的老样子?"

"皮埃罗坦现在一个人包办瓦兹河谷的运输行业,他在路上跑的车子可漂亮哩,"莱杰先生答道,"他成了丽山的大老板,还在丽山开了一家停歇马车的旅店;他的老婆、女儿都是他得力的助手……"

一个约莫七十岁的老人从旅馆里走出来,走到等候上车的旅客们中间。

"好啦,雷贝尔爸爸,"莱杰说,"现在就只等您那位大人物啦。"

"这不就来了。"德·赛里齐伯爵的总管指着约瑟夫·勃里杜说。

乔治和奥斯卡都认不出这位大名鼎鼎的画家,因为他的脸孔饱经风霜,他的态度充满自信,说明他已经功成名就。他的黑色大礼服上装饰着荣誉勋位勋章绶带。他的衣着非常讲究,说明他是下乡去过节的。

这时,一个伙计手里拿着一张乘客名单,从银狮旅馆在厨房旧址上新建的营业室里走出来,站在空着的前座外边。

"德·卡那利先生和夫人,三个位子!"他唱名了。

他走到内座外边,又接二连三地唱名:

"贝勒让伯先生,两个位子。——德·雷贝尔先生,三个位子。——先生……您叫什么名字?"他问乔治。

"乔治·马雷斯特。"败家子低声下气地回答。

伙计走到后座外边,那里站着一些保姆、老乡、小店主,他们正在话别;伙计把六个旅客送进后座,又喊了四个年轻人的名字,叫他们爬到上座的板凳上,接着就发出简单的开车命令:"走!……"皮埃罗坦也坐到马车夫旁边,车夫是一个穿罩衫的年轻人,他对马喊道:"拉!"

四匹从鲁瓦买来的骏马拉着车子,小步跑上圣德尼城郊的山坡;但是一到圣洛朗,马车好像邮车一样飞奔起来,四十分钟之内就跑到了圣德尼,经过卖酪饼的客店也没有停车,径直上了圣德尼左边去蒙摩朗西峡谷的大路。

一路上旅客们都没有说话,只是你看看我,我看看你,一直到这个转弯的地方,乔治才开了腔:

"车子走得比十五年前好一些了,"他一面掏出一只银表,一面说道,"嗐!对不对,莱杰老爹?"

"人家都很客气地称我莱杰先生。"百万富翁答道。

"这不是我第一次去普雷勒时同路的吹牛大王吗!"约瑟夫·勃里杜叫道,"怎么,您是不是又去亚洲、非洲、美洲打过仗?"大画家问道。

"别提啦!我参加过七月革命,真倒霉,因为它把我的命也革了……"

"啊!您参加过七月革命,"画家说道,"这也不足为奇,要是没人参加,革命怎么能爆发呢?不管人家怎样说,我从来不相信革命是自己爆发的。"

"我们怎么又碰到一起了?"莱杰先生瞧瞧德·雷贝尔先生说,"您看,雷贝尔爸爸,这就是那个公证人的帮办,要不是他,您还当不上德·赛里齐家的总管呢……"

"我们只缺弥斯蒂格里了,他现在是著名的莱翁·德·洛拉;还缺那个傻小子,他居然当着伯爵的面谈他的皮肤病和他的夫人。他的病终于治好了,而且终于离开了他的夫人,好安安静静地度一个晚年。"约瑟夫·勃里杜说道。

"还缺伯爵先生哩。"雷贝尔说。

"啊!我本来以为,"约瑟夫·勃里杜伤感地说,"他最后还会旅行一次,从普雷勒到亚当岛来参加我的婚礼。"

"他还能坐着车子在花园里遛遛呢。"老迈年高的雷贝尔接着说。

"他的夫人时常来看他吗?"莱杰问道。

"每个月来一回,"雷贝尔说,"她还是喜欢巴黎;她的心思都用到她侄女杜·鲁弗尔小姐身上去了,去年九月,她把侄女嫁给一个非常有钱的波兰贵族,年轻的拉金斯基伯爵……"

"那么,"克拉帕尔太太问道,"德·赛里齐先生的财产将来要落到什么人的手里呢?"

"自然是归那个给他料理后事的夫人,"乔治插嘴说,"伯爵夫人虽然已经五十四岁,可是风韵犹存,一直显得很漂亮,远远看去,还会引得人想入非非哩……"

"她总会引得您想入非非的。"莱杰说道,牛皮大王刚才对他不够客气,看来他还耿耿于怀。

"我怎敢妄图非分呢。"乔治对莱杰老爹说,"不过,顺便问一句,那位前任总管怎么样了?"

"莫罗吗?"莱杰说,"他可是瓦兹省的议员了。"

"啊!就是那位著名的中间派,瓦兹省的莫罗吗?"乔治问道。

"是的，"莱杰接着说，"就是瓦兹省的莫罗先生。他为七月革命比你多出了一点力，到底买下了普雷勒和丽山之间那块顶呱呱的土地。"

"啊！就在他当年管理的土地旁边，和他从前的主人做起邻居来了，这不大好吧！"乔治说。

"说话不要这样高声，"德·雷贝尔先生说，"因为莫罗太太和她的女儿德·卡那利男爵夫人，还有她那位做过大臣的女婿，他们都在前座。"

"那么，他出了多少陪嫁，才把女儿嫁给这位大演说家的？"

"大约两百万吧。"莱杰老爹答道。

"他对百万已经上瘾了，"乔治笑着低声说，"这个发财的瘾头还是在普雷勒开始……"

"不要再说莫罗先生的闲话了，"奥斯卡厉声叫道，"我看您也应该懂得在公共马车里要少说废话。"

约瑟夫·勃里杜把这个断了一条胳膊的军官端详了几秒钟，然后叫道：

"先生虽然不是大使，但是他的玫瑰勋章足以说明，他已经堂堂正正地立功受奖了，我哥哥和吉鲁多将军也常在报告里提到您……"

"奥斯卡·于松？"乔治叫了起来，"天哪！要不是听到您的声音，我真不认得您了。"

"啊！就是这位勇敢的先生把于勒·德·赛里齐子爵从阿拉伯人手里抢出来的吗？"雷贝尔问道，"伯爵先生不是给您找了丽山税务局的差事，等着蓬图瓦兹税务官出缺吗？……"

"是的,先生。"奥斯卡答道。

"那么,先生,"大画家说道,"希望您能光临亚当岛,参加我的婚礼。"

"您和谁结婚呀?"奥斯卡问道。

"莱杰小姐,"画家答道,"也就是德·雷贝尔先生的外孙女。这是德·赛里齐伯爵做主为我订下的亲事;他为我这个穷画家帮过不少忙,在他离开人世之前,还好意要为我弄点财产,这我从前可没想到……"

"莱杰老爹难道娶了……"乔治问道。

"我的没有陪嫁的女儿。"德·雷贝尔先生答道。

"他原来有子女吗?"

"有一个女儿。对于一个做了鳏夫而又没有儿子的人,这已经很够了。"莱杰老爹答道,"就像我的合伙人莫罗一样,我也有一个名人做女婿了。"

"那么,"乔治忽然显出一副恭敬的神气对莱杰老爹说,"您一直住在亚当岛吗?"

"是呀,我已经在卡桑买了田产。"

"那好极了,我的运气真好,正巧今天跑到瓦兹河谷来了。"乔治说道,"诸位先生,你们都可以给我帮帮忙。"

"帮什么忙呀?"莱杰先生问。

"啊!请听我说,"乔治说道。"我是希望公司的职员,这家公司刚刚成立,国王不久就会颁布诏令,批准这家公司的章程。十年以后,这家公司会给闺女出嫁妆,给老人出养老金,给孩子付学费;总而言之,男女老少的福利,都由它管……"

"这一点我倒相信,"莱杰老爹微笑着说,"一句话,您是保险公司的掮客。"

"不是,先生,我是总视察员,负责替公司在全国建立联络网,物色代办人,在找到适当的人选之前,我先兼办这项业务;因为要找到老实可靠的代办人,那是既细致又困难的事情……"

"可你是怎样丢掉那三万法郎收入的呢?"奥斯卡对乔治说。

"就像你丢掉一条胳膊那样。"公证人的前任帮办针锋相对地回答诉讼代理人的前任帮办。

"难道你的法郎也使你立功受奖了?"奥斯卡话里带刺地挖苦乔治。

"唉!我得的奖太多了……可惜都是股票,我还有多余的出卖呢。"

马车到了圣勒-塔韦尼,换马的时候,旅客都下车来。马车夫把缰绳解开,皮埃罗坦把皮带从车前横木上解下,动作熟练,使奥斯卡暗暗赞叹。

"这个可怜的皮埃罗坦,"他心里想,"他也和我一样,在人生的道路上不算太得意。乔治已经穷途潦倒了。别的人有的会投机,有的有本事,差不多都发了财……"于是他拍拍车行老板的肩头,高声说道:"我们在这里吃午餐吗,皮埃罗坦?"

"我不是马车夫。"皮埃罗坦说。

"那么您高升了?"于松上校问道。

"我是车行老板。"皮埃罗坦答道。

"得了,不要生熟人的气。"奥斯卡指着他的母亲说,他还放不下那副屈尊俯就的架子,"您不认识克拉帕尔太太吗?"

于是他拍拍车行老板的肩头,高声说道:"我们在这里吃午餐吗,皮埃罗坦?"

正在奥斯卡向皮埃罗坦介绍他母亲的时候,说多巧有多巧,瓦兹省议员莫罗的太太也从马车前座下来,听见克拉帕尔这个名字,就用看不起人的眼光,瞧了瞧奥斯卡母子。

"的确,夫人,我简直不认识您了,先生,就连您也认不出来啦。看来非洲真是热得厉害?……"

奥斯卡对皮埃罗坦的怜悯,是虚荣心使他犯下的最后一次错误。他又会得到报应,不过这次报应相当温和,下文便知端的。

奥斯卡在瓦兹河畔的丽山定居两个月之后,就去追求乔热特·皮埃罗坦小姐,到一八三八年底,就和瓦兹省运输行大老板的女儿结婚了,嫁妆是十五万法郎。

普雷勒旅途中闯下的祸事使奥斯卡不乱说话,弗洛朗蒂纳的晚会又使他不乱花钱,严格的军队生活培育了他的等级观念和听天由命的思想。人既懂事,又很能干,怎么会不幸福呢?德·赛里齐伯爵去世之前,使奥斯卡当上了蓬图瓦兹的税务官。有瓦兹省议员莫罗先生的关怀,有德·赛里齐伯爵夫人和迟早要再当大臣的德·卡那利男爵先生的照顾,于松先生不愁当不上总税务官,就连卡缪索家也来认亲了。

奥斯卡是一个普通人,温和谦逊,安分守己,总是保持中庸之道,就像他的政府一样①。他既不会使人眼红,也不会遭人白眼。总而言之,他是一个现代的中产阶级人物。

一八四二年二月于巴黎

---

① 路易-菲力浦说过:"在内政方面,我们要保持中间路线。"